Fabian Lenk

Die Zeitdetektive

Geheime Zeichen in Pompeji

Fabian Lenk

Die Zeitdetektive

Geheime Zeichen in Pompeji

Band 27

Mit Illustrationen von Almud Kunert

Ravensburger Buchverlag

Bibliografische Information der Deutschen Nationalbibliothek:

Die Deutsche Nationalbibliothek verzeichnet diese Publikation in der Deutschen Nationalbibliografie; detaillierte bibliografische Daten sind im Internet über **http://dnb.d-nb.de** abrufbar.

MIX
Papier aus verantwortungsvollen Quellen
FSC® C014496
FSC www.fsc.org

Das für dieses Buch verwendete FSC-zertifizierte Papier liefert Arctic Paper Mochenwangen GmbH

1 2 3 4 15 14 13 12

Umschlag und Innenillustrationen: Almud Kunert
Lektorat: Jo Anne Brügmann

Printed in Germany

ISBN 978-3-473-36975-1

www.ravensburger.de
www.fabian-lenk.de
www.zeitdetektive.de

Inhalt

Kim, Julian, Leon und Kija – die Zeitdetektive

Die schlagfertige Kim, der kluge Julian, der sportliche Leon und die rätselhafte, ägyptische Katze Kija sind vier Freunde, die ein Geheimnis haben …

Sie besitzen den Schlüssel zu der alten Bibliothek im Benediktinerkloster St. Bartholomäus. In dieser Bücherei verborgen liegt der unheimliche Zeit-Raum „Tempus", von dem aus man in die Vergangenheit reisen kann. Tempus pulsiert im Rhythmus der Zeit. Es gibt Tausende von Türen, hinter denen sich jeweils ein Jahr der Weltgeschichte verbirgt. Durch diese Türen gelangen die Freunde zum Beispiel ins alte Rom oder nach Ägypten zur Zeit der Pharaonen. Aus der Zeit der Pharaonen stammt auch die Katze Kija – sie haben die Freunde von ihrem ersten Abenteuer in die Gegenwart mitgebracht.

Immer wenn die vier Freunde sich für eine spannende Epoche interessieren oder einen mysteriösen Kriminalfall in der Vergangenheit wittern, reisen sie mithilfe von Tempus dorthin.

Tempus bringt die Gefährten auch wieder in die Gegenwart zurück. Julian, Leon, Kim und Kija müssen nur an den Ort zurückkehren, an dem sie in der Vergangenheit gelandet sind. Von dort können sie dann in ihre Zeit zurückreisen.

Auch wenn die Zeitreisen der Freunde mehrere Tage dauern, ist in der Gegenwart keine Sekunde vergangen – und niemand bemerkt die geheimnisvolle Reise der Zeitdetektive …

Erstarrt in Stein

„Es war unglaublich interessant!“, schwärmte Julian. Er lag zusammen mit Kim, Leon und Kija, die von dem Mädchen in seiner Tasche mitgeschmuggelt worden war, im Freibad von Siebenthann. Es war ein herrlicher Sommertag mit viel Sonnenschein, aber leider auch der letzte Ferientag. Morgen begann wieder die Schule – mit einer Doppelstunde Mathe.

Doch daran dachte Julian gerade nicht. Er hing lieber seinen Erinnerungen nach. Erst gestern war er mit seinen Eltern aus dem Urlaub zurückgekehrt. Den hatten sie in *Neapel* verbracht und in dieser Zeit auch die antiken Stätten *Pompeji* und *Herculaneum* besucht.

„Ich sag's euch, Leute, vor allem Pompeji hat sich sehr gelohnt. Wenn du da hindurchläufst, glaubst du, du wärst bei den alten Römern. Mir kam es so vor, als wäre die Zeit stehen geblieben“, fuhr Julian fort.

„Ja, das war bestimmt spannend. Aber mir hat unser Urlaub auch gefallen. Wir waren zwei Wochen in den Alpen und sind von Berghütte zu Berghütte gewandert!“, sagte Kim. Sie warf Kija einen kleinen Stoffball zu, in den ein Glöckchen eingenäht war. Kija schnappte sich den Ball und kullerte ihn mit einem gezielten Tatzenhieb zu Kim zurück.

„Echt?", fragte Leon, der auf dem Rücken lag und in die Sonne blinzelte. „Ich mache ja wirklich gerne Sport, aber den ganzen Tag wandern? Ich weiß nicht ... also ich fand unseren All-inclusive-Urlaub auf Mallorca so richtig klasse! Wir haben uns zwar auch eine Menge angeschaut, aber die meiste Zeit habe ich im Pool und im Meer verbracht!"

Julian stützte sich auf die Ellbogen. „Klingt super. Aber Pompeji war für mich einfach etwas ganz Neues. Stellt euch vor, dass ihr durch eine Stadt spaziert, die über 2000 Jahre alt ist! Und ihr seht *Thermen*, also die römischen Bäder dieser Zeit, sowie Stadttore, Tempel, Villen, Theater und Straßen, als wären sie gestern erst erbaut worden." Unvermittelt wurde der Junge nachdenklich. „Aber irgendwie war es auch bedrückend ..."

Kim sah ihn überrascht an. „Wieso?"

„Na ja, als der Vulkan *Vesuv* damals ausbrach und Pompeji und andere umliegende Städte in einem Ascheregen versanken, die Häuser unter Lavabrocken zusammenbrachen und eine Lawine aus Glut und Feuer alles vernichtete, da hat es viele Tote gegeben. Diese Städte erstarrten förmlich und alles Leben in ihnen wurde regelrecht konserviert. Als ich jetzt durch die Straßen ging, da war es schon reichlich unheimlich."

Julian rang mit sich – er war hin- und hergerissen. „Ach, aber wie gesagt, es war auch total interessant!"

Kim warf Kija erneut den Ball zu. „Du hast bestimmt viele Fotos gemacht, oder?"

Julian nickte stumm.

„Die würde ich mir gerne mal anschauen", sagte Kim. „Aber wisst ihr, was ich noch viel spannender fände?"

Die Jungs sahen sie erwartungsvoll an. „Na?"

Kim wollte etwas sagen, doch Julian hob die Hand. „Warte, ich glaube, ich weiß, was du vorhast." Er senkte die Stimme zu einem Flüstern. „Du willst Tempus einen kleinen Besuch abstatten, richtig?"

Das Mädchen nickte begeistert. „Genau das! Lasst uns doch mal dein Pompeji im Original anschauen, Julian – von mir aus vor 2000 Jahren!"

Leon stieß einen leisen Pfiff aus. „Das ist Musik in meinen Ohren! Was meinst du, Julian?"

Julian rollte sein Handtuch zusammen. „Eine sehr gute Idee. Denn ich würde gern mal das lebendige Pompeji erleben – mit den Menschen, die diese Stadt erbaut und in ihr gelebt haben!"

„Gebongt!", rief Leon. „Aber vorher sollten wir uns noch ein wenig einlesen. Kim und ich waren schließlich noch nicht in Pompeji."

„Genau, eine wenig Vorbereitung kann nicht schaden", stimmte das Mädchen zu.

Eine Stunde später waren die Freunde in der altehrwürdigen Bibliothek des Bartholomäus-Klosters. Wie immer hatten sie einen Zeitpunkt abgepasst, zu dem die Bücherei für die normalen Besucher geschlossen war. Da Julian einen Schlüssel zum Reich der Bücher besaß, gehörte dieses ihnen nun ganz allein.

Kim lief in die Abteilung mit den Geschichtsbüchern, Leon schaute sich im angrenzenden Raum bei den Reiseführern um und Julian begann mit einer Internetrecherche.

Und Kija? Die rollte sich wie üblich ganz gemütlich an ihrem Lieblingsplatz zusammen: auf der Fensterbank. Dort lag sie mit halb geschlossenen Augen und beobachtete das Tun ihrer Freunde.

„Du, Julian, wann war eigentlich der Vulkanausbruch?“, fragte Kim, während sie in einem Buch blätterte.

Julian drehte sich zu ihr um. „Am 24. August 79 nach Christus. Das hat uns der Reiseleiter erzählt.“

„Hm, wir müssen also deutlich davor nach Pompeji reisen – nur wann genau?“, überlegte Kim laut. Sie studierte konzentriert das Inhaltsverzeichnis ihres Buches.

Da kam Leon aus dem benachbarten Raum zu ihnen herüber. Er klopfte stolz auf den Buchdeckel eines Reiseführers. „Wisst ihr, wie Pompeji mit ganzem Namen hieß?“

Julian und Kim schüttelten die Köpfe.

„Colonia Venere Cornelia Pompeianorum!“, rief Leon. „So hat der römische *Diktator Sulla* die Stadt getauft. Colonia bedeutet Stadt, Venere bezieht sich auf Sullas Lieblingsgöttin *Venus* und das Wort Cornelia verweist auf Sullas Familiennamen Cornelius. Ist doch ganz logisch, oder?“

„Das würde heute auf kein Ortsschild mehr passen“, meinte Kim grinsend. „Schaut mal, ich habe hier einen Stadtplan gefunden.“

Gemeinsam beugten sie sich über die Karte.

„Super!“, rief Julian. „Da war ich schon überall.“ Dann zeigte er seinen Freunden die Lage der Stadttore, der Thermen und des Theaters. Dabei bekamen die Gefährten noch mehr Lust, das antike Pompeji zu besuchen.

Sie vertieften sich wieder in ihre Lektüren.

„He, habt ihr gewusst, dass Pompeji lange Zeit gar nicht zum Römischen Reich gehörte?“, sagte Julian überrascht. „Das hat unser Reiseleiter gar nicht erwähnt.“

„Wie bitte, Pompeji war nicht römisch?“, fragte Leon.

„Ja, jedenfalls lange Zeit nicht, das steht hier auf dieser Internetseite“, bestätigte Julian. „Während der *Bundesgenossenkriege* stand Pompeji auf der Seite der

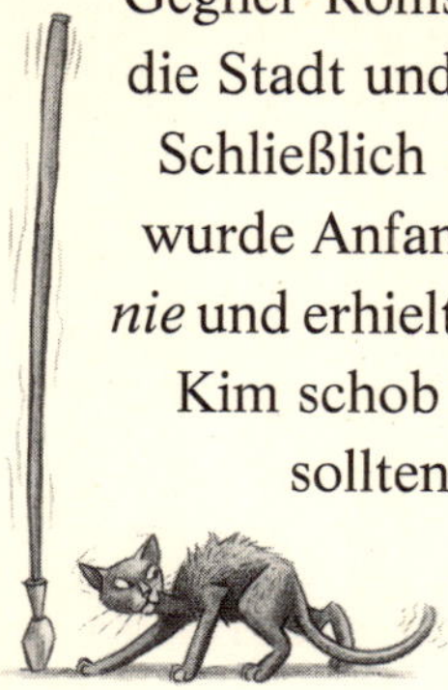

Gegner Roms. Sulla belagerte um 89 vor Christus die Stadt und ließ sie von der *Artillerie* beschießen. Schließlich ergaben sich die Bewohner, Pompeji wurde Anfang 80 vor Christus eine römische *Kolonie* und erhielt auch diesen langen Namen von Sulla."

Kim schob ihr Buch zurück ins Regal. „Tja, dann sollten wir uns nun entscheiden, welches Jahr wir für unseren Ausflug nach Pompeji wählen wollen."

„Wie wäre es mit dem Jahr 80 vor Christus?", schlug Julian vor. „Ich möchte das antike, römische Pompeji kennenlernen."

„Okay", stimmten Kim und Leon zu.

Julian blickte zu Kija. „Und was meinst du?"

Die Katze schaute ihn aus ihren smaragdgrünen Augen an, und für einen Moment glaubte der Junge, dass Kija ihm zugeblinzelt hätte. Dann erhob sich das schöne Tier, sprang elegant von der Fensterbank und glitt lautlos auf den geheimnisvollen Zeit-Raum zu.

Julian lächelte. „Ich glaube, wir sollten los!"

Die Gefährten folgten der Katze und standen kurz darauf vor einem hohen Regal, das auf einer Schiene bewegt werden konnte. Dahinter war Tempus versteckt. Mit vereinten Kräften schoben die Freunde das schwere Bücherregal beiseite.

Julian schaute mit klopfendem Herzen auf die düstere Tür. Fratzen, geheimnisvolle Buchstaben und Symbole waren dort zu sehen. Wie immer kostete es ihn einige Überwindung, die Tür zu öffnen. Julian wusste, dass hinter dieser Pforte eine Welt der Abenteuer lag, die alles andere als ungefährlich war. Doch diesmal wollten sie sich doch wirklich nur eine antike römische Stadt anschauen. Was sollte da schiefgehen, was konnte schon groß passieren?

Aber das hatten sie schon öfter gedacht und waren dann in einen brisanten Kriminalfall verwickelt worden …

Julian straffte die Schultern und gab sich einen Ruck. Es würde schon alles gutgehen! Zusammen mit seinen Freunden betrat er Tempus. Wie üblich waberte blauer Nebel durch den unendlichen Raum, dessen Boden im Rhythmus der Zeit pochte wie ein gigantisches *Metronom*. Das Licht war spärlich. Nur mit Mühe konnte Julian die Umrisse von Türen ausmachen. Es waren Tausende von Türen, über denen je eine Jahreszahl stand. Jedoch gehorchte die Anordnung der Jahresangaben keiner mathematischen Logik, die Zahlen waren wild durcheinandergewürfelt. Wieder einmal mussten sich die Freunde auf die Suche nach der richtigen Tür machen – nach der Pforte mit der Jahreszahl 80 vor Christus.

Julian ging voran. Hinter ihm war Kim, die Kija auf den Arm genommen hatte. Leon folgte am Schluss.

Julian hatte keinen Plan, er ließ sich einfach durch den Raum treiben. Aber die Türen, an denen sie vorbeikamen, waren stets die falschen. Nach einer Viertelstunde des Herumirrens seufzte der Junge. Eigentlich gab Tempus ihnen immer einen Hinweis, ein Zeichen – aber diesmal …

Rumms! Julian spürte einen heftigen Schlag unter den Füßen, der Boden begann zu beben.

„Was … was ist das?“, fragte er irritiert.

Doch Leon und Kim antworteten ihm nicht. In ihren Augen stand Angst. Kija miaute kläglich.

Unmittelbar vor Julian warf der Boden eine hässliche Falte, es knackte und krachte, dann brach er auf – ein Spalt war entstanden, gefüllt mit einer feuerroten, blubbernden Masse. Schlagartig breitete sich große Hitze aus.

Lava, wie bei einem Vulkanausbruch!, erkannte Julian und fuhr zurück. „Weg hier!“, brüllte er und lief blindlings los, seine Freunde hinter sich. Beim Rennen warf Julian einen Blick über die Schulter. Der Spalt war breiter geworden und lief wie ein gezacktes Band hinter ihnen her. Für einen Augenblick kam es Julian so vor, als würde der Spalt sie verfolgen!

Er schaute wieder nach vorn und bremste abrupt ab. Eine geschlossene Tür war vor ihm aufgetaucht – und über ihr prangte die richtige Zahl: 80 vor Christus!

Ein erneuter Blick zurück: Die Lava-Spalte war verschwunden, am Boden war nur noch eine aufgeworfene Narbe zu sehen.

Julian atmete tief ein und aus. Dann konzentrierte er sich auf die Tür. Sie war feuerrot und hatte an den Rändern sonnengelbe Streifen und Schlieren. Wer flüchtig hinsah, mochte denken, dass die Tür in Flammen stand.

Die Klinke war goldfarben. Julian legte langsam seine Hand darauf. Das Metall war warm, fast heiß. Okay, dachte der Junge, kein Problem, du musst nur ganz ruhig bleiben. Er nahm sich zusammen und drückte die Klinke hinunter.

In dieser Sekunde hörte die Tür auf zu existieren, sie löste sich einfach auf – wie ein Trugbild, das rasch verblasste. Statt der Pforte war jetzt nur ein schwarzes, gähnendes Loch zu sehen.

Julian schluckte schwer. „Seid ihr bereit?“, fragte er Kim und Leon.

Ein zweifaches stummes Nicken war die Antwort.

Die Freunde fassten sich an den Händen und konzentrierten sich ganz auf ihr Ziel Pompeji. Denn nur so konnte Tempus sie auch an den richtigen Ort bringen.

Dann machten sie den einen entscheidenden Schritt nach vorn und fielen in ein schwarzes Nichts.

In der Stadt am Feuerberg

Kim blinzelte in das helle Sonnenlicht. Waren sie etwa schon in … Pompeji?

„Aus dem Weg, weg da!“, brüllte jemand, und Kim drehte sich erschrocken um.

Ein Gespann, gezogen von zwei kräftigen Ochsen und angetrieben von einem ebenso kräftigen Mann, kam auf sie zu. Der Wagen war hoch beladen mit großen, vasenförmigen *Amphoren*.

Kim, die Kija auf dem Arm hatte, sowie Leon und Julian machten rasch Platz.

Das Gespann war durch ein großes Stadttor gerollt, durch welches sich ein nicht enden wollender Strom von Menschen und Wagen in die Stadt ergoss. Das Mädchen war froh, dass niemand ihre heimliche Ankunft bemerkt hatte. Denn zweifellos hatte Tempus sie gerade durch dieses Tor in die Vergangenheit geschickt.

Das steinerne, bestimmt fünf oder sechs Meter hohe Tor war Teil einer Stadtmauer und hatte einen runden Torbogen. Die Flanken des Tors waren mit Nischen

versehen, in denen Götterfiguren standen. Oben war ein Wehrgang zu sehen, auf dem zwei *Legionäre* standen. Die Männer waren jeder mit einem Speer, dem *Pilum,* und einem Schwert, dem *Gladius,* bewaffnet. Jetzt hatte Kim keine Zweifel mehr, dass sie sich in einer römischen Stadt befand – und dass diese Stadt Pompeji hieß.

Durch das offene Tor erblickte Kim einen stattlichen Berg mit sanften Flanken und einer majestätischen Spitze. Sie schaute fragend zu Julian, der ja schon mal in Pompeji gewesen war. „Ist das der Vesuv?"

„Ja, ich denke schon", erwiderte Julian leise. „Aber er ist viel höher als bei meinem letzten Besuch. Kein Wunder, bei dem schlimmen Vulkanausbruch wurde ja die gesamte Spitze des Berges weggesprengt. Und wenn das der Vesuv ist, dann befinden wir uns hier vor dem Tor *Porta del Vesuvio.* Von hier ist es nicht allzu weit ins Zentrum der Stadt!"

Kim ließ Kija auf den Boden. Dabei fiel ihr auf, dass die Straße gepflastert war und sogar hohe Bürgersteige hatte. Wer die Straße überqueren wollte, konnte Trittsteine benutzen, die so angeordnet waren, dass die Räder der Fuhrwerke zwischen ihnen hindurchpassten.

In einer Sänfte wurde ein offenbar sehr reicher Bürger der Stadt vorbeigetragen. Die Vorhänge waren zurückgeschlagen und Kim erblickte das gelangweilte Gesicht eines dicken Mannes, der auf einem Berg von

Kissen ruhte und über seiner *Tunika* eine *Toga* mit purpurfarbenen Streifen trug.

Kim sah aber auch Frauen, die von Sklaven begleitet wurden und ungemein elegant gekleidet waren. Eine dieser Frauen hatte ihre Haare kunstvoll hochgesteckt und trug eine grüne *Stola* aus Seide, die in der Mitte gegürtet war. Eine andere Frau, die gerade dicht an Kim vorbeiging, hatte kunstvoll gearbeitete Ohrringe in Delfinform, einen goldenen, schlangenförmigen Armreif und eine mit Perlmutt und Smaragden besetzte Halskette. Sie war mit einer weinroten Stola bekleidet. Darüber hatte sie noch einen leichten Mantel, die *Palla,* drapiert.

Kim schaute an sich herab. Kein Schmuck, kein Prunk. Sie trug wie Leon und Julian außer Ledersandalen eine einfache weiße Tunika. Ihre war jedoch länger als die der Jungs und reichte ihr fast bis zu den Knöcheln.

„Wenn mich nicht alles täuscht, sind wir hier in der *Via di Stabia*“, sagte Julian jetzt.

Mit großen Augen ließen sich die Freunde treiben. Straßenmusiker mit Flöten und Trommeln buhlten um die Gunst der Bürger. Ein Beschwörer hockte mit zwei Schlangen vor einer Statue. Sklaven, gebeugt unter der Last von Holz- oder Stoffbündeln, schlurften müde an ihnen vorbei. Aus einem Imbissstand roch es nach gebratenem Fisch, an einem anderen wurden kleine, mit

Honig gesüßte Kuchenstücke angeboten. Vor einem unscheinbaren Haus hockte ein kahlköpfiger Mann und klapperte mit einer Schere – offensichtlich war er ein Barbier und suchte Kunden.

„Ich ziehe auch Zähne, beim *Aesculapius!*", pries er seine Vielseitigkeit an und hielt Kim zum Beweis einen herausgebrochenen Zahn unter die Nase.

Das Mädchen beschleunigte seine Schritte.

Eine alte Frau saß hinter einem Stand mit Amphoren. „Kauft den besten Wein der Stadt!", rief sie immer wieder. „Den gibt's nur bei mir!"

Kim lächelte in sich hinein, während sie an den Läden von Sandalenmachern, Schreinern, Kunstschmieden und Obstverkäufern vorbeischlenderte. Dabei warf das Mädchen auch einen Blick auf die Häuser. Streng genommen gab es da nicht viel zu sehen. Die zumeist zweigeschossigen Gebäude duckten sich unter rote Ziegeldächer, waren weiß verputzt und hatten zumindest zur Straße hin nur selten unverglaste Fenster, um Diebe, den Lärm und die Hitze fernzuhalten – es sei denn, dass in das Haus ein Verkaufsstand oder eine Kneipe integriert war. Doch ab und zu erhaschte Kim durch eine offen stehende Tür einen Blick auf das, was dahinterlag: Flure mit hübschen Mosaiken oder ein plätschernder Springbrunnen in einem gepflegten Garten.

Und noch etwas fiel dem Mädchen auf: Auf einigen

Wänden konnte sie Kritzeleien entdecken. Dort stand zum Beispiel: „Successus, der Tuchweber, liebt Iris, die Sklavin des Gastwirts". Oder: „Piculus, ein Neuling, hat gesiegt: Der Freigelassene Aptonetus, mit 16 Kämpfen, ist umgekommen." Offenbar handelte es sich um Botschaften von Fans der *Gladiatoren*. Kim entdeckte aber auch Werbung für Politiker und Ankündigungen von Theateraufführungen.

Dann tauchte auf der rechten Straßenseite ein prächtiges Gebäude auf.

„Das sind die *Stabianer Thermen*!", flüsterte Julian ergriffen. „Das ist einfach irre! Die Thermen sehen genauso aus wie ..." Er brachte den Satz lieber nicht zu Ende, weil gerade zwei Legionäre an ihm vorbeigingen.

Der Haupteingang lag in der angrenzenden *Via dell'Abbondanza* und wurde von langen Ladenreihen flankiert. In diesen Geschäften wurden unter anderem Hautöle angeboten.

„In die Thermen müssen wir unbedingt mal rein", ergänzte Kim, als die Soldaten verschwunden waren. „Aber jetzt sollten wir uns erst einmal eine Arbeit und eine Unterkunft besorgen."

„Nur wo?", fragte Leon.

Kim winkte ab. „Wir finden schon was. Das wäre schließlich nicht das erste Mal!"

Da hörte sie laute Stimmen. Kims Blick fiel auf eine junge Frau, die ganz in ihrer Nähe mit einem Stoffbündel vor einem stattlichen Haus stand. Sie war einfach gekleidet und hatte ihre langen Haare am Hinterkopf zu einem Knoten gebunden.

Im Eingang des Hauses hatten sich zwei Männer aufgebaut: ein kleiner feister Mann mit dünnem Haarkranz und vorspringender Nase, der eine aufwendig bestickte Tunika trug, und ein muskulöser Mann, der nur einen Lendenschurz anhatte.

„Was bildest du dir ein, Weib?", blaffte der Dicke die Frau an. Er riss ihr ein Stück Stoff aus den Händen und schlug es ihr um die Ohren.

Sofort spürte Kim Wut in sich aufsteigen. Was war denn das für ein Blödmann? Schon trat sie näher.

„Vorsicht, Kim", warnte Julian, doch das Mädchen ließ sich nicht aufhalten. Jetzt war Kim nur noch zwei oder drei Meter von dem Hauseingang entfernt. Ihre Freunde waren ihr gefolgt.

„Das ist die falsche Ware, du dummes Ding! Ich hatte blaues Tuch bestellt – und was bringst du mir, beim *Jupiter?* Grünen Stoff!"

Die Frau, die etwa Anfang zwanzig, mittelgroß und schlank war, hatte die Lippen zusammengekniffen. Ihr hübsches Gesicht mit der kleinen Nase und den hohen Wangenknochen war gerötet, aus ihren dunklen Augen sprühte Zorn.

„Meine Frau macht mir die Hölle heiß, weil du zu blöd bist, das richtige Tuch zu liefern! Sie hasst Grün“, setzte der Dicke nach. „Heute Abend haben wir Gäste und sie wollte sich noch eine neue Stola nähen lassen – aus blauem Tuch. Hörst du, aus *blauem!*“

„Ich habe nur das geliefert, was Titus mir mitgegeben hat. Ich habe keine Ahnung, was Ihr bestellt habt, Maritimus, ich bin nur die Botin“, verteidigte sich die Frau.

Ein böses Grinsen trat auf das Gesicht des Dicken. „Ach, jetzt wirst du auch noch frech? Du beleidigst meinen Freund Titus. Ich kenne Titus, ihm würde ein solcher Fehler nicht unterlaufen!“ Er schleuderte den Stoff auf das Pflaster. Dann wandte er sich an seinen Sklaven. „Ich habe keine Zeit für diesen Mist. Verprügele sie und lass blaues Tuch liefern.“ Mit diesen Worten verschwand Maritimus im Haus.

Der Sklave machte einen Schritt auf die Botin zu und hob die Hand, um sie zu schlagen.

„Halt!“, brüllte Kim und der Mann schaute überrascht zu ihr hinüber.

In diesem Moment traf ihn ein Tritt unterhalb der Kniescheibe. Der Mann brüllte auf und begann, auf einem Bein zu hüpfen.

Überrascht sahen Kim und ihre Freunde, wie die junge Frau dem Mann einen weiteren Tritt verpasste. Diesmal war es eine sichelförmige Bewegung, die dem

Sklaven das Standbein wegriss. Er krachte zu Boden, und die Botin setzte ihren Fuß auf seinen Hals.

„Wage es ja nicht, mich anzurühren“, zischte sie, die Fäuste geballt.

„Schon gut, ich tue ja nur, was man mir befiehlt“, jammerte der Mann.

Die Frau ließ von ihm ab, hob den Stoff auf und wollte gehen.

Da schoss Maritimus aus seinem Haus. „Was geht hier vor?“ Sein Blick fiel auf den Sklaven, der sich gerade aufrappelte. „Hat die dich etwa ...“

Der Sklave nickte, und Kim sah ihm an, dass ihm die Sache ziemlich peinlich war.

„Du hast meinen Sklaven verhauen!“, kreischte Maritimus. „Das wird dich teuer zu stehen kommen. Ich werde mich bei Titus über dich beschweren und dafür sorgen, dass er dich rauswirft!“

Die junge Frau winkte nur ab und wandte sich dann an die Freunde: „Danke, dass ihr mir helfen wolltet. Aber das wäre nicht nötig gewesen. Ich kann ganz gut selbst auf mich aufpassen.“

„Oh ja, das hat man gesehen!“, erwiderte Kim begeistert, während sie zusammen die Via dell'Abbondanza hinuntergingen. Die junge Botin imponierte Kim total. Diese Frau hatte bestimmt eine Idee, wo die Freunde in Pompeji unterkommen konnten.

Kim blieb stehen und schaute die Botin direkt an.

„Sag mal, kannst du uns einen Rat geben, wo wir Arbeit und eine Unterkunft finden?“

Die Frau musterte Kim prüfend. Sie zögerte.

Der Brandanschlag

Leon stellte sich neben Kim. „Wir können gut zupacken“, pries er sich und seine Freunde an.

Nun lächelte die junge Frau. „In Ordnung, ich werde bei Titus ein gutes Wort für euch einlegen. Ich heiße übrigens Sabina. Und wer seid ihr?“

Diesmal übernahm Leon es, sich und die Gefährten vorzustellen. Er verwendete dabei die Geschichte, die auch Julian immer wählte: Sie hätten ihre Eltern bei einem Überfall von Räubern verloren, seien heimatlos und nun nach Pompeji gekommen, in der Hoffnung, hier eine Arbeit und ein Dach über dem Kopf zu finden.

„Traurig, traurig“, kommentierte Sabina und fügte bitter an: „Es sind harte Zeiten. Ich habe vor zwei Jahren meinen Mann verloren. Er war erst einundzwanzig Jahre alt und starb, als er bei Malerarbeiten von einem Gerüst stürzte. Seitdem muss ich mich allein durchschlagen. Ich arbeite als *Fulla*, säubere also Stoffe. Außerdem erledige ich für Titus Botengänge, weil ich im Gegensatz zu vielen anderen Arbeitern lesen und schreiben und deshalb nicht so schnell übers Ohr gehauen werden kann."

„Wer ist dieser Titus?", fragte Leon neugierig nach.

„Er ist einer der reichsten Männer in Pompeji. Sein Vermögen hat er mit Tuchen und Stoffen angehäuft", antwortete Sabina. „Er hat viele Arbeiter, es sind bestimmt an die hundert. Und vielleicht kann er auch euch gebrauchen. Wir fragen ihn gleich. Sein Haus, das Lager und die Wäscherei sind nicht weit entfernt."

„Und Maritimus?", fragte Leon weiter.

Sabina blies die Backen auf. „Der ist bestimmt noch reicher als Titus und vor allem mächtiger. Er ist einer unserer beiden *Duumviri* und damit einer der wichtigsten Männer in Pompeji."

Schweigend gingen sie weiter. Dabei kamen sie an Geschäften vorbei, in denen alle möglichen Luxusartikel feilgeboten wurden: Gewürze aus Arabien, Austern aus *Londinium*, *Papyrus* vom Nil, Papageien aus Indien und Duftöle aus *Lugdunum*. Jetzt verstand Leon, warum die Via dell'Abbondanza diesen Namen erhalten hatte.

Dann hielten sie sich rechts, liefen den *Vico del Lupanare* entlang und gelangten schließlich in der *Via della Fortuna* zu einem stattlichen Gebäude.

„Da wären wir", sagte Sabina.

Die Front zur Straße bestand aus einer langen Ladentheke, die in drei Bereiche unterteilt war. Im ersten wurde schmutzige Wäsche angenommen und im zweiten wurden die gereinigten Stoffe wieder an die Kunden zurückgegeben. Im dritten Abschnitt wurden Stoffe und Tuche verkauft. Es herrschte ein ständiges Kommen und Gehen, das Personal an der Theke war gut beschäftigt.

Sabina führte sie durch ein Tor, durch das ohne Weiteres ein großes Fuhrwerk passte, in einen schmucklosen Innenhof. Dort gab es verschiedene Becken, denen ein stechender Geruch entströmte. Eine wahre Heerschar von *Fullones* war damit beschäftigt, Tuniken und andere Kleidungstücken zu waschen und zum Trocknen aufzuhängen. Dann gelangten sie in einen weiteren Hof, wo gerade zwei Fuhrwerke entladen wurden. Leon versuchte, sich zu orientieren. Titus' Reich schien riesig zu sein.

„Ah, da ist Titus“, sagte Sabina leise zu den Freunden und steuerte auf einen hageren, großen Mann zu.

Titus hatte dicke Tränensäcke, ein fliehendes Kinn, hängende Backen und war schlecht rasiert. Unter seinen Augen lagen dunkle Ringe. Er wirkte übernächtigt und gereizt. Sein Blick fiel sofort auf die grünen Stoffe, die Sabina noch immer unter dem Arm trug. *„Salve,* aber wieso kommst du mit der Ware und nicht mit den *Sesterzen,* beim *Merkur?“*, herrschte er die Fulla an.

„Weil es die falsche Farbe war“, entgegnete Sabina ruhig.

Der Tuchhändler schaute sie böse an. „Wie konnte das passieren? Maritimus ist nicht irgendein Kunde!“

Sabina berichtete, dass man ihr die falsche Ware mitgegeben habe. Dann erzählte sie von ihrem Zusammenstoß mit dem Sklaven.

Titus fasste sich an den Kopf. „Wie bitte? Du hast Maritimus’ Sklaven verhauen?“

„Ja“, erwiderte die Fulla, und Leon meinte, einen gewissen Stolz herauszuhören.

„Du wirst Maritimus sofort die richtige Ware liefern!“, ordnete Titus an. „Und wenn das noch einmal passiert, werfe ich dich raus!“

„Ich konnte nichts dafür“, beharrte Sabina.

Der Tuchhändler winkte genervt ab. „Und was willst du überhaupt mit diesen Kindern hier – und der Katze?“

„Sie sind fleißig und suchen Arbeit. Ich verbürge mich für sie.“

Titus rieb sein stoppeliges Kinn und dachte einen Moment lang nach. „Gut“, sagte er dann. „Wir wollen es versuchen. Ihr dürft euch als Handlanger verdingen, die Waren abladen und ins Lager bringen. Schlafen könnt ihr neben dem Stall. Dort ist gerade eine Kammer frei, gleich neben der von Sabina. Und wenn ihr eure Sache gut macht, bekommt ihr etwas zu essen und vielleicht auch Sesterzen, mit denen ihr dann die Miete bei mir zahlen könnt.“

Wie großzügig!, dachte Leon.

„Und jetzt lauft mit dem blauen Stoff zu Maritimus!“, befahl Titus.

Nachdem sie den Auftrag erledigt hatten, führte Sabina die Gefährten durch die verschiedenen Höfe in Titus’ Anwesen. Leon erkannte, dass Titus nicht nur Kleidung reinigen ließ und Stoffe ein- und weiterverkaufte. Er produzierte diese auch selbst. Der Junge beobachtete Näherinnen sowie *Tinctores*, die Kleidungsstücke in übel riechende Farbbottiche tauchten. *Coactiliarii* stellten feine Filzstoffe her. Die Luft war erfüllt von einer unangenehmen Mischung aus verschiedenen Gerüchen, von Titus’ gebellten Anordnungen und vom Schnauben der Pferde und Ochsen, die die Fuhrwerke zogen.

Sabina zeigte den Gefährten, was zu tun war. Und so halfen Leon, Kim und Julian mit, Stoffballen von einem Gefährt zu wuchten und in ein Lager zu schleppen. Nur Kija hatte nichts zu tun – außer die Szenerie hübsch im Auge zu behalten.

Die Arbeit war extrem anstrengend. Nach nur einer Stunde brannten Leons Oberarmmuskeln und er hätte nur zu gerne eine Pause eingelegt. Auch Kim und Julian sahen ziemlich abgekämpft aus.

Aber Titus gestattete keine Unterbrechungen. Das Unangenehme an diesem Mann war, dass er ständig an allen Orten gleichzeitig zu sein schien. Ihm entging nichts und so schufteten die Freunde bis zum Anbruch der Dämmerung.

„Lasst es jetzt gut sein“, sagte Sabina. „Ich habe gerade mitbekommen, dass Titus zu einem Gastmahl unterwegs ist. Er wird uns jetzt in Ruhe lassen.“

Und weil tatsächlich auch nichts mehr zu tun war, trotteten die Freunde erschöpft neben Sabina her zu ihrer Unterkunft. Nur Kija war noch total fit. Sie sprang fröhlich um Leons müde Beine herum.

„Erwartet bloß nicht zu viel“, warnte die Fulla die Gefährten vor. Sie führte sie an einem Stall vorbei und dann über einen kreisrunden Platz, auf dem Heu in einem Holzschuppen gelagert wurde.

Schließlich gelangten sie zu einem zweigeschossigen, hässlichen Gebäude. Im letzten Licht des Tages erkannte Leon, dass es darin eine Vielzahl kleiner Zimmer gab, in denen offenbar einige Arbeiter hausten. Im Erdgeschoss befand sich eine Art Gemeinschaftsküche mit einer offenen Herdstelle. Dort rührte ein Mann mit mürrischem Gesicht eine Suppe in einem großen Topf um.

„Gib ihnen auch was“, bat Sabina, nachdem sie sich bedient und den Freunden drei Teller in die Hände gedrückt hatte.

Wortlos teilte der Mann einen grünlichen, undefinierbaren Brei aus. Leon verkniff sich lieber die Frage, was er da eigentlich in sich hineinlöffelte. Immerhin gab es als Beilage Brot.

Später zeigte die Fulla den Freunden ihre Unterkunft: ein keine zehn Quadratmeter großes Loch mit drei Matten, einem Krug und einem wackeligen, niedrigen Tisch. Wenigstens gab es ein Fenster zum Innenhof, durch das eine angenehm kühle Brise strich.

Leon blickte hinaus auf den Platz mit dem Schuppen und dem Stall. Sie waren schon mal hübscher untergebracht gewesen. Aber immerhin hatten sie eine Bleibe in Pompeji gefunden. Und vielleicht gelang es ihnen ja morgen, die Stadt auf eigene Faust zu erkunden und womöglich auch in den Stabianer Thermen vorbeizuschauen.

„Ich bin fix und fertig", sagte Kim und rollte sich auf einer der Matten zusammen.

„Gute Nacht", antwortete Julian, gähnte herzhaft und ließ sich auf der zweiten Matte nieder.

Auch Leon legte sich schließlich hin. Er drehte sich auf den Rücken und entspannte sich. Seine Knochen waren schwer wie Blei und seine Muskeln schmerzten immer noch. Der Junge schloss die Augen und fiel wie seine Freunde in einen traumlosen Schlaf.

Nur Kija blieb noch wach. Sie sprang auf das Fenstersims, schaute sich neugierig um und tänzelte dann auf der schmalen Brüstung entlang, die auf Höhe des

Fensters an der Außenwand des Hauses entlangführte. So gelangte die Katze zum nahen Stall. Hier gab es sicher die eine oder andere unvorsichtige Maus …

Als der Mond hoch am sternenübersäten Himmel stand, schien die ganze Stadt zur Ruhe gekommen zu sein. Noch nicht einmal aus den zahlreichen Gaststuben drang noch Lärm.

Aber eine kluge Katze wachte noch. Kija hatte nach einer erfolgreichen Jagd den Stall wieder verlassen und kauerte jetzt auf einer Mauer, die den Innenhof zur Straße abschirmte. Ihre Ohren waren gespitzt, die Augen weit geöffnet.

In einigen Metern Entfernung schlich ein kräftiger, hässlicher und ziemlich zerzauster Kater durch die Gasse, der schon viele Revierkämpfe siegreich überstanden hatte. Jetzt erblickte er die fremde Katze. Seine gelben Augen wurden zu Schlitzen.

Kija machte einen Buckel und präsentierte ihre beeindruckenden Krallen. Doch das machte auf den Kater nicht den gewünschten Eindruck. Sein Schwanz peitschte hin und her. Geduckt lief er auf die Mauer zu und fauchte aggressiv.

Aber plötzlich stoppte der Kater. Er drehte den bulligen Kopf nach hinten. Dann huschte er unter einen Karren und verbarg sich dort.

Kija spähte die Gasse hinunter. Drei düstere Gestalten schlichen auf Titus' riesiges Anwesen zu. Einer von ihnen trug einen Sack.

Sobald die Gestalten nur noch wenige Schritte von der Mauer, auf der Kija hockte, entfernt waren, verharrten sie und steckten die Köpfe zusammen. Dann griff einer von ihnen in den Sack und zog zwei kleine Amphoren heraus. Plötzlich flammte ein Feuer auf!

Die Katze zog sich geräuschlos zurück und huschte zum Fenster der Gefährten. Sie sprang hindurch und weckte Leon.

„Och nö", maulte der Junge. „Es ist bestimmt noch vor Sonnenaufgang."

Doch im Fenster war ein Lichtschein zu sehen … Und Kija gebärdete sich höchst seltsam. Sie sprang um Leon herum, maunzte und fauchte. In ihren smaragdgrünen Augen stand die nackte Panik.

Leon ahnte, dass etwas nicht stimmte. Er sprang zum Fenster – und prallte entsetzt zurück. „Feuer!", brüllte er.

Kim und Julian schossen von ihren Matten hoch und kamen zu Leon.

Der Schuppen stand lichterloh in Flammen. Aus dem Stall war das Wiehern der nervösen Pferde zu hören.

„Feuer!", schrien die Freunde diesmal im Chor.

Jetzt stolperten die ersten Arbeiter aus dem Haus. Kommandos wurden gebrüllt. Sofort bildeten die

Frauen und Männer eine Eimerkette zum nahen Brunnen. Die Freunde flitzten hinunter und reihten sich ein.

Im Hof herrschte eine enorme Hitze. In einem Funkenregen stürzte der Schuppen in sich zusammen. Brennende Strohreste wurden über den Hof geweht und drohten andere Gebäude in Brand zu setzen.

Unterdessen füllte sich der Hof mit immer mehr Menschen, auch Sabina war darunter. Titus tauchte schließlich ebenfalls auf – und jetzt wurden erwartungsgemäß noch mehr Kommandos gebrüllt. Jeder packte mit an. Manche schlugen mit Decken auf die gierigen Flammen ein, um sie zu ersticken, andere kippten Eimerladungen voller Wasser auf Glutnester oder direkt in das Feuer. Drei Männer hetzten zum Stall, banden die Pferde los und führten die immer wieder scheuenden Tiere aus der Gefahrenzone.

„Schneller, schneller, beim *Vulcanus!*“, bellte Titus.

Mit vereinten Kräften gelang es ihnen, das Feuer einzudämmen und schließlich ganz zu löschen.

Titus war außer sich. Er beschuldigte seine Angestellten, das Feuer durch Unachtsamkeit verursacht zu haben. Aber natürlich wollte es niemand gewesen sein. Nachdem der Tuchhändler angeordnet hatte, die verbliebenen Trümmer des Schuppens aufzuräumen, stapfte er wütend davon.

Leon, Kim und Julian packten erneut mit an.

„Ein Glück, dass Kija mich geweckt hat", flüsterte Leon seinen Freunden zu.

„Allerdings", erwiderte Julian. „Stell dir vor, das Feuer hätte auf die Wohngebäude übergegriffen!"

Als Leon sich zu einem noch qualmenden Balken bückte, fiel sein Blick auf einige Tonscherben. Einer inneren Eingebung folgend nahm er eine der Scherben unter die Lupe. Sie

roch nach dem Zeug, mit dem die Römer ihre Öllämpchen befeuerten. Er suchte den Boden mit den Augen ab. Da lag ein dünner Lumpen bei den Scherben, und auch er roch nach dem brennbaren Öl. Leon fand noch weitere Scherben, die jedoch vom Feuer schwarz gefärbt waren und nicht nach Öl rochen, sowie den verkokelten Rest eines Lumpens.

Plötzlich hatte der Junge einen bösen Verdacht. Hatte jemand nachgeholfen, war das Feuer etwa absichtlich gelegt worden? Hatten die Täter zwei Brandsätze in den Hof geworfen, von denen einer nicht in Flammen aufgegangen war? Er schaute sich um. Hinter ihm war die Mauer … Leon rief seine Freunde zu sich.

„Ich glaube, dass es in Pompeji einen Feuerteufel gibt", wisperte er und erläuterte Kim und Julian seine Theorie.

In diesem Moment meldete sich die Katze, die wieder auf der Mauer hockte. Sie schaute zu den Freunden und sprang dann in die Gasse hinunter.

Leon zupfte an seinem Ohrläppchen wie immer, wenn er scharf nachdachte. „Vielleicht will Kija uns etwas zeigen“, sagte er.

Schon verließen die Freunde das Anwesen und liefen zur Katze. Kija hockte vor der Mauer, das Köpfchen in den Nacken gelegt. Sie starrte auf eine bestimmte Stelle an der Wand.

Im weißen Licht des Mondes entzifferte Leon einen Spruch, der dort erst vor Kurzem hingeschmiert worden sein musste, weil die Farbe bei einigen Buchstaben noch herunterlief:

sempiternas foedissimae turpitudinis notas subitis.

Das hieß übersetzt: *Du ziehst ewige Schande auf dich!*

Entsetzt blickte der Junge seine Freunde an. Was hatte das zu bedeuten?

Ein weißes Pulver

Am nächsten Morgen weckte Sabina die Freunde bei Sonnenaufgang. Nach einem kargen Frühstück fanden sich Julian, Kim und Leon in den Werkstätten und Lagern von Titus wieder. Zunächst beluden die Gefährten wie am Vortag einige Karren mit Stoffen. Bei der eintönigen Arbeit hing Julian seinen Gedanken nach. Der unheimliche Spruch wollte ihm nicht aus dem Kopf gehen. Sie hatten umgehend Titus informieren wollen, doch der hatte sie erst gar nicht zu Wort kommen lassen.

„He, du da!“, erklang eine gereizte Stimme.

Julian drehte sich rasch um und erkannte den Tuchhändler.

„Geh mit deinen Freunden zu den Tuchwalkern und hilf ihnen! Heute sind zwei Männer ausgefallen, die brauchen Verstärkung!“, knurrte Titus.

Folgsam gingen Julian, Leon und Kim in den Innenhof, wo die Wäsche gewaschen wurde. In großen Becken standen Männer und Frauen und walkten mit nackten Füßen die Wäsche durch.

„Ah, da seid ihr ja“, rief Sabina ihnen zu. Sie und ein hagerer Glatzkopf waren gerade dabei, einige Tuniken, die den ersten Waschgang schon hinter sich hatten, mit klarem Wasser auszuspülen und dann zum Trocknen aufzuhängen.

„Das ist übrigens Manius, auch ein Fullo“, sagte Sabina und deutete auf den Glatzkopf.

Julian glaubte, den Mann schon einmal gesehen zu haben – und zwar am vorherigen Tag in der Unterkunft der Arbeiter.

Der Mann wiegte sein Haupt. „Fullo, Fullo – wenn ich das schon höre. Ich bin ein Spaßmacher und Schauspieler!“

Sabina lachte auf. „Aber einer, der keine Bühne hat. Oder warum bist du hier und kümmerst dich um dreckige Wäsche?“

Manius verzog das Gesicht. „Das ist doch nur vorübergehend – bis jemand mein Talent entdeckt.“ Er wandte sich an die anderen Arbeiter und rief: „Will jemand einen guten Witz hören?“

„Bitte nicht, Manius!“, ertönte es im Chor.

„Aber der ist ganz neu, also fast …“

„Nein, verschone uns!“, flehten die anderen.

Doch Manius war nicht zu stoppen. „Passt auf, der geht so: Sagt ein Mann zu seiner Frau …“

Unvermittelt stoppte der Fullo, denn ein großer Mann war vor ihn getreten, die Fäuste geballt. „Halt die

Klappe, Manius. Die Arbeit bei diesem Sklavenschinder Titus ist schon schlimm genug. Wenn wir dabei jedoch auch noch dein blödes Gequake anhören müssen, wird es unerträglich."

„Aber der Witz ist wirklich gut, Leute!", verteidigte sich Manius und lachte gekünstelt.

„Ist er nicht, garantiert nicht", zischte der Große drohend. „Weil du einfach nicht lustig bist, Manius. Aus einem traurigen Hintern kommt selten ein fröhlicher Furz!"

Jetzt lachten alle.

„Sehr komisch", murrte Manius und konzentrierte sich wieder auf seine Arbeit.

„Aber Manius kann sich tolle Rätsel ausdenken", sagte Sabina zu den Freunden.

Julian überlegte, ob Sabina das nur gesagt hatte, um Manius zu trösten.

„Oh ja!", rief der Fullo. „Wollt ihr eins hören?"

„Na klar!", sagte Julian.

Manius legte das Wäschestück beiseite, das er gerade hatte ausspülen wollen. „Also, passt auf: Du machst bei einem Wettlauf mit und überholst kurz vor dem Ziel den Zweiten. Der Wievielte bist du dann?"

Sabinas Stirn lag in Falten. Sie schien scharf nachzudenken.

Julian hatte die Lösung sofort, wollte aber nicht vorpreschen.

„Dann bin ich doch Erster, oder?“, sagte Sabina etwas unschlüssig.

„Ha, reingefallen!“, freute sich Manius. „Du bist natürlich der Zweite! Denn auch wenn du den Zweiten überholst, ist ja immer noch einer vor dir!“

Sabina blies die Backen auf. „Na klar, da hätte ich auch draufkommen müssen!“

„Gleich noch eins!“, rief Manius begeistert: „Du überholst den Letzten: Wievielter bist du dann?“

Julian schaute grübelnd zu seinen Freunden. Den Letzten? Da konnte doch etwas nicht stimmen …

„Ihr kriegt es nicht raus, ihr kriegt es nicht raus!“, freute sich Manius und platzte auch gleich mit der Lösung heraus: „Den Letzten kann man doch gar nicht überholen, denn hinter ihm ist keiner mehr!“

„Du gibst uns ja gar keine Chance“, maulte Sabina. „Aber jetzt lasst uns schneller arbeiten, sonst gibt es Ärger mit Titus.“

Manius winkte ab. „Dieser Mistkerl! Ständig hetzt er uns. Und der Lohn ist ein Witz, und zwar wirklich ein richtig schlechter.“

„Ja“, seufzte Sabina, „mit Titus hat man es nicht leicht. Aber ich habe nichts Besseres gefunden, um mich durchzuschlagen.“

„Alle hassen Titus.“ Manius knirschte wütend mit den Zähnen.

Julian wurde hellhörig. Offenbar hatte Titus viele

Feinde. Und einer dieser Feinde hatte vermutlich das Feuer gelegt! Gehörte der Täter etwa zu den Arbeitern?

„Aber sein Laden läuft“, sagte Sabina. „Und bei den Reichen und Mächtigen zählt nur das.“

„Ja, bestimmt wird sogar der Diktator begeistert sein“, sagte Manius. „In drei Tagen will er doch unser schönes Pompeji besuchen.“

„Ach, Sulla kommt?“, fragte Julian nach.

„Ja, beim Jupiter! Deshalb ist Titus wohl auch noch nervöser als sonst.“

„Warum?“, fragte Julian nach.

„Nun, Sulla gilt als grausamer Herrscher“, erklärte Manius. „Und die wichtigen Männer in der Stadt wie unsere Duumviri oder die reichen Bürger wie Titus wollen Sulla einen besonderen Empfang mit einem großartigen Programm bereiten, um ihn milde zu stimmen. Aber wehe, das Programm gefällt dem Diktator nicht. In Rom hat er den Leiter der Spiele den Löwen zum Fraß vorgeworfen, hört man. Nur, weil er sich gelangweilt hat.“

Julian schluckte. Kein Wunder, dass die Verantwortlichen in Pompeji nervös waren! Auf der anderen Seite fand er es spannend, dass er, Kim und Leon vielleicht bald den mächtigsten Mann des Römischen Reiches zu sehen bekamen.

Gegen Mittag wurden die Freunde mit Sabina zum Markt geschickt. Kija blieb in Titus' Reich, suchte sich ein schattiges Plätzchen und begann zu dösen.

Doch Julian, Kim und Leon sollten mit Sabina Stoffe verkaufen. Gerade in den späten Nachmittagsstunden und am Abend würden sie gute Geschäfte machen, glaubte Sabina.

Mit einem hoch beladenen Karren, der von einem Eselchen gezogen wurde, marschierten sie unter der glühenden Sonne zum Herzen der Stadt. Zunächst folgten sie der Via della Fortuna in westlicher Richtung und bogen dann links ab, bis sie durch einen hohen Triumphbogen schritten.

Gleich auf der linken Seite lag das *Macellum*, wie Julian noch von seinem Pompeji-Besuch in der Gegenwart wusste. In den überdachten Markthallen wurden Fleisch und Fisch verkauft.

Sie ließen die Hallen links liegen und Sabina führte sie am *Kapitol* vorbei, einem gewaltigen Tempel, der den Göttern Jupiter, *Minerva* und *Juno* geweiht war.

Der Tempel war aus blendend weißen Steinen errichtet worden und wurde von einem spitzgiebeligen Dach aus roten Ziegeln gekrönt. Dieses Dach wurde von Säulen mit golden bemalten *Kapitellen* getragen und von einem schmalen, rot und blau bemalten *Fries* geschmückt. Das dreieckige *Tympanon* zeigte Szenen aus dem Leben der Götter.

Julian blieb stehen und ließ das *Forum,* einen riesigen, rechteckigen und mit *Travertin* gepflasterten Platz, auf sich wirken. Drei oder vier Dutzend Bronzestatuen von wichtigen Männern, einige davon zu Pferd, standen auf großen Sockeln. Außerdem befand sich eine Rednerbühne, das *Suggestum,* auf dem Platz. An drei Seiten wurde das Forum von einer doppelstöckigen *Portikus* umschlossen. Die Bogenreihen waren teilweise mit einfachen Tüchern verhängt, weil die steinernen Bögen ausgebessert wurden und die Passanten keine Steinsplitter oder Mörtelreste auf den Kopf bekommen sollten.

Es war noch ein weiterer, jedoch etwas kleinerer Tempel zu sehen, der von einem prächtigen offenen Säulengang umschlossen war.

„Das ist der Apollon-Tempel", erklärte Julian seinen Freunden, die nun auch stehen geblieben waren.

Der Tempel stand ebenfalls auf einem Podium und besaß eine Freitreppe aus rötlichem Gestein. Gleich daneben befand sich ein weiteres imposantes Gebäude – die *Basilika,* die mit zahlreichen Säulen geschmückt war. Handwerker hatten die Wände mit Stuck überzogen, der anschließend geglättet und poliert worden war. Dann waren die Umrisse von großen Quaderblöcken in den Stuck geritzt worden, um dem Bau ein noch mächtigeres Aussehen zu verleihen.

„Kommt jetzt", drängte Sabina und lotste sie zu einem kleineren Marktbereich auf der westlichen Seite des Kapitols.

Hinter den Marktständen gab es stattliche Wohngebäude und einige Gasthäuser. Auf diesem Markt unterhielt Titus einen festen Stand, an dem bereits seit dem Morgengrauen Waren verkauft wurden. Sabina und ihre neuen Mitarbeiter sollten den Stand nun mit neuer Ware bestücken und die Verkäufer des Vormittages ablösen.

Julian stand hinter einem Stapel mit schneeweißen Tuniken in allen Größen und ließ die Blicke schweifen. Auf diesem Markt wurde einfach alles angeboten – vom einfachen Lendenschurz bis zur aufwendig bestickten Toga, vom Holzschwert für Kinder bis zum diamantenbesetzten Dolch. Überall wurde lauthals gefeilscht. Immer wieder mussten Marktaufseher Streitigkeiten schlichten. Gewichte wurden überprüft und Längen kontrolliert.

Zwischen die Kaufinteressenten hatten sich fahrende Händler gemischt, die Süßigkeiten und angeblich heilende Salben anpriesen. An einem *Thermopolium* gönnten sich zwei junge Männer eine Portion kleine, salzige Fische, die sie in die beliebte *Garum*-Soße dippten.

Doch allmählich ebbte der Käuferstrom ab. Es war einfach zu heiß. Viele Pompejaner zogen sich in ihre Häuser oder Wohnungen zurück oder suchten eines der nahen Gasthäuser auf.

„Na ja, bisher lief es ja nicht so schlecht“, meinte Sabina. „Aber Titus wird nicht zufrieden sein. Er ist nämlich nie zufrieden, weil er den Hals nicht voll genug kriegt. Und außerdem …“

Weiter kam sie nicht, denn in dieser Sekunde erklangen Schreie aus einem Gasthaus gleich neben dem Stand.

„Das kam doch aus dem Gasthaus von Spurius!“, hauchte Sabina erschrocken.

„Spurius – wer ist das?“, fragte Julian.

„Einer der bekanntesten Wirte in der Stadt“, erwiderte Sabina. Ihre Augen funkelten unruhig. „Bei ihm verkehren die Reichsten der Reichen.“

„Kommt, wir schauen mal, was da passiert ist!“, rief Julian und flitzte auch schon los. Kim und Leon folgten.

„Ich muss hierbleiben und auf die Stoffe aufpassen!“, rief Sabina ihnen nach.

Vor der Tür des Gasthauses hatte sich bereits eine Menschentraube gebildet. Die Leute spähten neugierig hinein.

Die Gefährten drängelten sich einfach an den Schaulustigen vorbei. Julian schaute sich um. Die Wände waren mit Gemälden verziert, die Szenen aus Schlachten zeigten. Ferner sah der Junge mindestens zwanzig Tische, die fast alle besetzt waren. Rechts von ihm war ein Tresen, in den vier große Amphoren eingelassen waren, aus denen mit langstieligen Kellen Wein geschöpft werden konnte. Dahinter lag offenbar eine Küche – den angenehmen Gerüchen nach zu schließen.

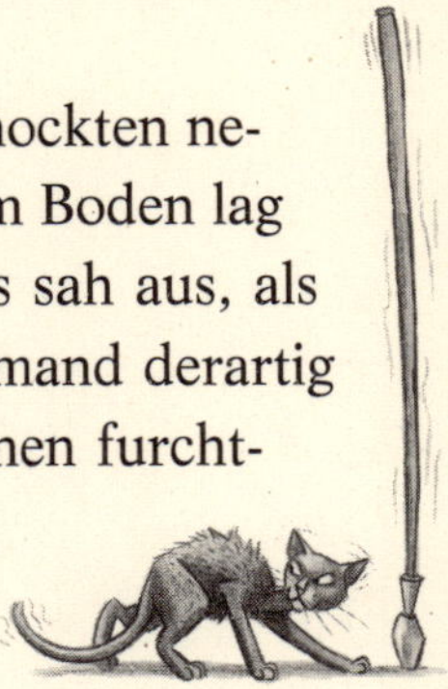

Mehrere Menschen knieten oder hockten neben einem großen Mann, der auf dem Boden lag und die Augen geschlossen hatte. Es sah aus, als schliefe er. Aber dann hätte nicht jemand derartig geschrien, dachte Julian. Er hatte einen furchtbaren Verdacht. War der Mann etwa tot?

Doch Julian sah kein Blut, der große Mann mit der kräftigen Adlernase und dem ersten Grau im Schläfenhaar schien unverletzt zu sein, zumindest äußerlich. Neben dem Mann lag ein kleines Stück Papyrus, dem niemand Beachtung schenkte. Julian hob den Fetzen auf und wurde blass. Dort war zu lesen:

Ad colloquium cum hoste te numquam congrediaris.

Zum Gespräch sollst du dich nie mit einem Feind treffen, übersetzte Julian in Gedanken. Was hat denn das nun wieder zu bedeuten? Er ließ die Botschaft schnell unter seiner Tunika verschwinden.

„Hast du jemanden losgeschickt, um einen Arzt zu holen, Spurius?“, fragte jetzt einer der Umstehenden den Wirt.

„Selbstverständlich“, erwiderte ein mittelgroßer, athletischer Mann mit sauber gestutztem Vollbart. Er hob die Hände. „Ich kann mir das alles nicht erklären.“

„Lasst mich durch, verflucht noch mal!“, erklang eine ärgerliche Stimme an der Tür. Dann tauchte ein weißhaariger Mann auf.

„Ah, der Arzt!“, rief Spurius erleichtert.

Der Weißhaarige kniete sich ebenfalls neben den Mann am Boden. „Oh, das ist doch Gaius, der *Legat*“, sagte er und stieß einen leisen Pfiff aus.

Julian merkte sich den Namen. Er wusste, dass ein Legat ein ranghoher Offizier war.

Der Arzt begann, Gaius eingehend zu untersuchen. Unter anderem fühlte er dessen Puls und kontrollierte die Atmung.

„Immerhin, er lebt. Aber er ist bewusstlos, ungewöhnlich blass und seine Lippen wirken blutleer. Außerdem scheint er Krämpfe zu haben. Es könnte sich um eine Vergiftung handeln. Was ist hier passiert?“, wollte er von Spurius wissen.

„Ich weiß es wirklich nicht“, antwortete der Wirt. „Gaius war allein gekommen und hatte eben erst bestellt. Täubchen in Oregano-Soße, soviel ich weiß. Das Essen wurde gerade für ihn zubereitet.“

„Er hat also noch nichts gegessen, womit er sich den Magen hätte verderben können?“

„Nein!“, rief Spurius empört. „An meinen Speisen ist nichts zu beanstanden! Gaius hat nur einen Becher mit Wasser bekommen. Wie immer bei hohen Gästen brachte ich es selbst an seinen Tisch. Gaius stürzte das Wasser in einem Zug herunter. Er war wohl sehr durstig wegen der großen Hitze. Dann bestellte er noch einen kleinen Krug Wein nach.“

Der Arzt brummelte etwas Unverständliches, während sich Julian und seine Freunde bedeutungsvolle Blicke zuwarfen. Der Offizier hat also nur einen Becher Wasser getrunken, dachte der Junge. Dann ist er zusammengebrochen. Sehr seltsam …

Da kam ihm ein Gedanke. Konnte es sein, dass der Legat mit dem Wasser vergiftet worden war? Hatte jemand ein gefährliches Pulver hineingestreut?

„Ich brauche zwei Träger“, sagte der Arzt. „Sie sollen Gaius in mein Haus bringen. Dort werde ich versuchen, ihn zu kurieren. Ich habe das eine oder andere Mittel. Vielleicht wirkt es bei ihm …“

„Aber bitte erzähl keinem, dass er sich bei mir den Magen verdorben hat“, flehte Spurius. „Wenn ein solches Gerücht in Pompeji die Runde macht, kann ich gleich zusperren und den Schlüssel ins Meer schmeißen." Er holte tief Luft und sagte mit Nachdruck: „Vielleicht hat Gaius ja heute Vormittag irgendwo etwas Falsches gegessen!"

„Möglich", erwiderte der Arzt kühl. „Wo er das getan hat, interessiert mich jedoch nicht."

Aber mich, dachte Julian, der beschlossen hatte, der Sache auf den Grund zu gehen.

Und während die Männer eine Sänfte mit zwei Trägern organisierten, um Gaius abzutransportieren, zog Julian seine Freunde beiseite.

„Ob Gift im Becher war?", fragte er leise und zeigte Kim und Leon das geheimnisvolle Papyrus-Stück.

„Ja, vielleicht", flüsterte Kim. „Aber wie sollen wir das beweisen?"

„Ich würde mir ja gerne mal den Brunnen anschauen, aus dem das Wasser kam", sagte Julian. Kurzerhand fragte er einen der Kellner, der am Tresen stand.

Der Mann deutete in die Tiefen des Lokals. „Im Innenhof haben wir einen Brunnen. Dort holen wir das Wasser. Aber warum willst du das überhaupt wissen?"

„Der Arzt hat Durst und mich gebeten, ihm einen Becher zu holen", flunkerte Julian.

„Auch gut, dann brauche ich nicht zu laufen", erwiderte der Kellner und drückte Julian einen Becher in die Hand.

Julian gab seinen Freunden ein Zeichen, beim Arzt, dem Wirt und den anderen zu bleiben. Dann lief er zu dem Brunnen. Um den rechteckigen Innenhof führte ein Laubengang, den Brunnen zierte ein Wasserspeier in Form eines großen Fisches. Zwei Bänke aus Stein luden zum Verweilen ein. An der rückwärtigen Wand des Hofes befand sich eine Tür, die offen stand. Julian hörte ein Pferd wiehern und ahnte, dass sich hinter der Tür ein Stall befand, in dem berittene Gäste ihre Pferde versorgen lassen konnten.

Doch Julian interessierte sich zunächst nur für den Brunnen. Er ließ einen Eimer, der an einer Kette hing, hinunter und zog ihn dann wieder hinauf. Dann goss er etwas Wasser aus dem Eimer in den Becher und roch daran.

Nichts. Das Wasser schien einwandfrei zu sein. Dennoch vermied Julian es zu kosten. Schließlich gab es auch farblose und geruchsneutrale Gifte …

Der Junge sah ratlos auf den Becher in seiner Hand. War er vielleicht auf der vollkommen falschen Spur? Doch da fiel sein Blick auf eine der beiden Steinbänke. Julians Augen wurden schmal. Lag da nicht ein Säckchen auf dem Boden?

Der Junge bückte sich und hob das Säckchen auf.

Ihm lief ein Schauer den Rücken hinunter. Da waren ja Spuren eines weißen Pulvers zu sehen! War das etwa Gift? Er kombinierte: Der Täter holte das Wasser, ließ das weiße Pulver hineinrieseln, verlor dann das Säckchen oder warf es einfach weg und brachte den Gifttrank zu Gaius! Vielleicht war einer der Kellner der Täter! So konnte es gewesen sein – und Julian hatte den Beweis!

Mit dem Säckchen und dem vollen Becher verließ der Junge den Innenhof und lief zu den anderen zurück.

Vier Gestalten in der Nacht

Kim schaute besorgt zur Hintertür. Wo blieb Julian? Sie trat unruhig von einem Fuß auf den anderen. Als er endlich auftauchte, sah Kim sofort, dass er etwas entdeckt haben musste. Seine Wangen glühten förmlich!

Schon stand Julian neben ihnen. „Seht mal, was ich gefunden habe!" Er zeigte auf ein Säckchen.

„Was ist da drin?", wollte Kim wissen.

„Vielleicht ist es Gift", wisperte Julian. „Wir müssen …"

Doch da beugte sich jemand über sie. „Kann ich euch helfen?" Es war Spurius.

Julian holte tief Luft, dann sagte er: „Ich habe das hier am Brunnen gefunden …"

Der Wirt nahm Julian das Säckchen ab und untersuchte es. Er zuckte mit den Schultern. „Ein Säckchen, na und? Und das weiße Zeug ist Mehl."

„Ach so, und wir dachten schon, dass das …" Julian brach den Satz ab, weil Kim ihm einen kleinen Tritt verpasst hatte. Ihre Ermittlungen mussten geheim blei-

ben. Schließlich wussten sie nicht, wem sie trauen konnten und wem nicht!

Plötzlich trat ein seltsamer Glanz in die Augen des Wirtes. „Ah, jetzt verstehe ich! Ihr glaubt doch nicht im Ernst, dass das weiße Zeug etwas mit Gaius' Zusammenbruch zu tun hat?"

Die Freunde schüttelten heftig die Köpfe.

„Das will ich euch auch raten!", zischte Spurius drohend. „Ihr könnt euch denken, was ein solches Gerede für mein Lokal bedeuten würde! Und wenn ihr auf die dumme Idee kommen solltet, irgendeinen Unsinn zu verbreiten, werde ich euch finden – und ihr werdet darum flehen, niemals gelebt zu haben, beim *Mars!*"

In diesem Moment kamen endlich die beiden Träger herein, und Spurius wandte sich ab. Dabei steckte er das Säckchen ein.

Während Kim zusah, wie der Offizier hinausgetragen und vor dem Lokal in eine Sänfte gehoben wurde, rasten ihre Gedanken. Spurius benahm sich reichlich verdächtig. Zu dumm, dass er das Säckchen behalten hatte. Kim hätte das weiße Pulver gern einem Experten gezeigt, um zu überprüfen, ob es sich nicht doch um Gift handelte. Aber vielleicht war es ja wirklich nur Mehl … Nein, die Freunde konnten den Wirt nicht einfach auf einen bloßen Verdacht hin als Giftmischer bezeichnen. Außerdem klang Spurius' Warnung noch in Kims Ohren. Sie zweifelte keine Sekunde daran, dass der Wirt der Drohung Taten folgen lassen würde.

Die Sänfte mit Gaius wurde weggetragen und die Menge zerstreute sich. Auch die Gefährten verließen das Gasthaus und liefen zu Sabina zurück.

„Was war denn da los?“, fragte Sabina.

Kim setzte sie ins Bild, vermied es aber, von Julians Fund zu erzählen.

Die Fulla hörte schweigend zu. „Eine merkwürdige Geschichte“, sagte sie, als Kim fertig war.

„Kennst du Spurius?“, fragte das Mädchen.

„Sicher, jeder in Pompeji kennt ihn. Warum willst du das wissen?“, erwiderte Sabina und nickte einer vornehm gekleideten Frau, die die Auslage kritisch beäugte, freundlich zu.

„Und Gaius?“, fragte Kim nach, Sabinas Frage ignorierend.

„Nur vom Sehen“, antwortete Sabina. „Er ist ein wichtiger Mann in der Stadt. Aber er redet auch nicht mit jedem.“ Sie lachte auf. Es klang bitter. „Und worüber sollte er sich auch mit einer armen Frau wie mir unterhalten?“

Kim nickte. „Besucht er Spurius’ Gasthaus oft?“, fragte sie dann. Sie wollte herausfinden, in welcher Beziehung die beiden Männer zueinander standen.

„Ja, Gaius kommt häufig an unserem Stand vorbei. Meistens läuft er dann zu Spurius.“

„Weißt du, ob es Streit zwischen Gaius und Spurius gab?“

Wieder lachte die Fulla. „Soll das etwa ein Verhör werden?“

Kim lächelte verlegen. „Es interessiert mich eben …“

„Mich auch, glaub mir. Aber ich weiß nichts dergleichen. Wie gesagt, das ist eine ganz andere Welt, zu der ich keinen Zugang habe. Leider …“

Kim schwieg betroffen und kümmerte sich dann um einen Kunden.

Als es dämmerte, kehrten die vier Stoffhändler in Titus’ Reich zurück. Sie hatten ordentlich verkauft, aber Titus war dennoch nicht zufrieden. Lohn erhielten die Freunde nicht.

„Das verrechne ich mit den Kosten für eure Übernachtung“, grunzte ihr Arbeitgeber.

„Titus ist ein elender Halsabschneider“, grummelte Sabina, während sie mit den Gefährten zu ihrer ärmlichen Behausung ging, wo Kija Kim in die Arme sprang und danach auch Julian und Leon herzlich begrüßte.

Dann aßen sie etwas zu Abend: Brot, Obst und zähes Fleisch. Anschließend begann Sabina mit einer anderen Frau und einem Mann ein Würfelspiel. Die Gefährten lungerten eine Weile im Hof herum.

Kim wurde langweilig. „Lasst uns noch ein wenig in

der Stadt herumlaufen“, schlug sie vor, und die anderen waren einverstanden.

Diesmal kam Kija mit. Aufgeregt sprang sie um die Beine der Gefährten herum, die sich einfach durch die Straßen treiben ließen. Ein großer runder Mond stand über der schönen Stadt am Vesuv, und es war noch immer angenehm warm. Viele Geschäfte hatten inzwischen geschlossen. Dafür war in den Lokalen umso mehr los. Auf den Straßen davor zeigten Akrobaten und Feuerschlucker ihr Können. Es gab unendlich viel zu sehen und zu entdecken und die Zeit verging wie im Fluge.

Doch irgendwann wurde Kim müde. Sie schätzte, dass es inzwischen 22 Uhr war. „Sollen wir zurück zu Titus gehen?“, fragte sie die Jungs. Ein doppeltes Nicken war die Antwort.

Doch Kija, die alte Nachtschwärmerin, hatte ganz andere Pläne. Sie maunzte und verschwand in einem Gässchen.

„Kija!“, rief Kim. „Wir wollen nach Hause!“

Doch mit „wir“ fühlte sich die Katze offensichtlich nicht angesprochen. In weiten Sätzen entschwand sie den Blicken der Gefährten. Seufzend folgten Kim, Leon und Julian ihr.

„Och, ich hab jetzt überhaupt keine Lust auf Versteckenspielen“, maulte Kim dabei.

Sie stolperten durch die dunkle Gasse und gelangten, wie Kim überrascht feststellte, zum Forum. Ein kleiner Schatten sprang über die polierten und jetzt im Mondlicht silbern glänzenden Steinplatten – Kija! Kim beobachtete, wie die Katze an Titus' Stand vorbeihuschte und dann auf das Gasthaus von Spurius zulief.

Die Freunde trotteten über den Platz und erreichten nun ebenfalls das Gasthaus. Die Fenster standen weit offen und Kim schaute in die Gaststube. Es war nur noch wenig los, aber Kija war nicht zu sehen.

Also doch Versteckenspielen, ächzte Kim in Gedanken und bog aufs Geratewohl in die nächste, düstere Gasse ein, die an der Seite des großen Lokals entlangführte.

Ein Miauen erklang.

Kim starrte in die Dunkelheit – wo war die Katze?

Langsam gingen Kim und die Jungs weiter, bis sie zu einer kleinen Kreuzung kamen. Links musste sich die Rückseite des Gasthauses befinden – und genau dort entdeckte Kim die Katze. Sie hockte vor einem offenen Fenster, aus dem etwas Licht fiel.

Kim trat näher. Stimmen wehten an ihre gespitzten Ohren, von denen ihr eine bekannt vorkam. Sie stoppte und gab Leon und Julian ein Zeichen, leise zu sein. Dann duckte sie sich, schlich unter das Fenster und sperrte die Lauscher ganz weit auf. Wenn Kija hier saß, dann hatte das bestimmt irgendetwas zu bedeuten.

Ja, keine Frage, da war doch Spurius zu hören. Seine Stimme klang gereizt. „So geht das nicht weiter!“, brüllte er gerade.

„Psst“, machte ein anderer. „Beruhige dich. Und setz dich hin. Du machst mich nervös.“

Ein Stuhl wurde geschoben. Dann wurde das Gespräch wieder aufgenommen, aber die Stimmen waren jetzt gedämpft. Kim konnte nur noch einige Wörter verstehen – doch die hatten es in sich. Von Anschlägen war die Rede, von Gift und von Gaius!

Dann war nur noch ein Gemurmel zu hören und Kim verstand überhaupt nichts mehr. Mist!, fluchte sie in Gedanken.

Kim deutete zur Kreuzung. „Lasst uns gehen, das bringt hier nichts mehr“, flüsterte sie.

Leise liefen sie zurück, hielten sich rechts und überquerten erneut das Forum. Als Kim zusammen mit den anderen in eine weitere, menschenleere Gasse abbog, prallte sie zurück.

Dort standen zwei Männer, und beide hatten Schwerter in den Händen. Kapuzen hingen ihnen tief ins Gesicht und machten sie unkenntlich.

Kim wirbelte herum. Hinter ihnen standen zwei weitere Gestalten, die mit Speeren bewaffnet waren. Ihre Gesichter waren unter Tüchern verborgen, die nur die Augen frei ließen.

Kim überfiel eisiges Entsetzen – sie saßen in der

Falle! Hatte Spurius etwa doch etwas bemerkt und ihnen diese Typen auf den Hals gehetzt? Oder waren es Räuber, die die Straßen von Pompeji nachts unsicher machten?

Unwillkürlich rückten die Freunde zusammen. Kim spürte die Katze an ihren Beinen. Kija maunzte. Was sollten sie tun? Laut um Hilfe schreien?

„Ganz ruhig", mahnte einer der Speerträger, als könnte er Gedanken lesen. Er kam langsam auf die Gefährten zu.

Kija machte einen Buckel und fauchte.

„Ts-ts, wie süß", sagte der Mann kalt. Dann trat er ganz dicht an Kim heran.

Das Mädchen wich zurück und stieß gegen einen der Männer mit den Schwertern.

„Es gibt kein Entkommen", sagte der Speerträger mit rauer Stimme. Dann lachte er kehlig. „Ihr seid in unserer Hand."

„Wir haben nichts, was wir euch geben könnten", sagte Kim. Sie zitterte. „Wir sind arm."

„Das glaube ich dir sogar", erwiderte der Mann. „Aber vielleicht seid ihr auch bald mausetot. Dann nämlich, wenn ihr nicht aufhört, hier herumzuschnüffeln!"

Kim schluckte schwer. Die Kerle mussten sie tatsächlich beobachtet haben – vielleicht von einem der umliegenden Fenster oder Dächer! „Wir haben doch gar nicht …", hob sie an.

„Du sollst nicht lügen“, schnauzte sie der Mann an und riss den Speer hoch. In seinen Augen loderte ein gefährliches Feuer.

Das Mädchen senkte den Blick. Sein Herzschlag dröhnte in seinen Ohren.

„Hört gut zu“, sagte der Mann schneidend. „Wir werden euch laufen lassen, dieses eine Mal noch. Aber ihr werdet uns nicht im Weg stehen und ihr werdet auch nicht mehr herumschnüffeln, wenn ihr leben wollt. Haben wir uns verstanden?“

Die Freunde nickten.

„Gut, wir wollen euch glauben. Aber denkt bloß nicht, dass ihr uns täuschen könnt. Unsere Leute sind überall in der Stadt. Und sie sehen alles. Vergesst das nie!“

Wieder nickten die Freunde. Dann verschwanden die Gestalten.

„Puh!“, machte Leon. „Was waren denn das für Typen?“

„Sie gehören bestimmt zu Spurius!“, sagte Kim. „Kommt, wir verfolgen sie, um zu sehen, wo sie herkommen!“ Ohne eine Antwort abzuwarten, flitzte das Mädchen los.

„Bist du verrückt?“, fragte Julian, sobald er neben Kim war. „Diese Männer sind total gefährlich. Wenn sie uns in die Finger kriegen, wird’s ungemütlich.“

„Auf jeden Fall. Deshalb darf genau das nicht passieren", antwortete Kim, während sie konzentriert nach vorn starrte.

Die vier Gestalten hatten nun wieder das Forum erreicht. Kim stoppte ab und versteckte sich hinter einem Brunnen. Wohin würden die Verbrecher ihre Schritte lenken? Die Männer liefen über den großen Platz und dann auf Spurius' Gasthaus zu.

„Das habe ich mir doch gedacht", sagte Kim leise zu den Jungs. „Die Kerle haben in Spurius' Auftrag gehandelt."

Doch das Quartett ging an dem Eingang des Gasthauses vorbei und wählte den Weg, den auch die Gefährten vorhin genommen hatten.

„Vielleicht wollen sie irgendeinen Hintereingang benutzen", vermutete Kim und verließ die Deckung.

Gemeinsam folgten die Freunde den unheimlichen Gestalten. Still und verlassen lag die Gasse vor ihnen. Wo waren die Verbrecher?

Kim spürte, wie ihre Handflächen feucht wurden. Sollten sie weiter nach den Typen suchen – oder rannten sie geradewegs in eine Falle?

Viele Feinde

Leon spähte um die Ecke in die kleine Straße an der Rückseite des Lokals.

Und da waren sie, die vier Vermummten!

Der Junge sah, dass einer von ihnen eine Art Pinsel in der Hand hatte. Damit malte er etwas an die Wand des Wirtshauses. Leon hielt die Luft an – war das etwa wieder so eine Drohung, wie er sie bei Titus entdeckt hatte?

Der Mann ließ nun achtlos den Pinsel fallen. Dann trat er mit seinem Speer vor das offene Fenster.

Oh nein!, dachte Leon, der ahnte, was passieren würde.

Schon holte der Mann aus und schleuderte die todbringende Waffe durch das Fenster in das Haus. Ein grauenhafter Schrei ertönte, der Leon das Blut in den Adern gefrieren ließ. Die Attentäter hasteten davon und verschmolzen mit der Nacht. All das war innerhalb weniger Sekunden geschehen.

Leon erwachte aus seiner Starre, rannte mit Kim, Julian und Kija zum Fenster und schaute hindurch.

An der Wand lehnte Spurius, der Wirt. Sein Gesicht war leichenblass. Direkt neben seiner Schulter steckte der Speer. Offenbar hatte die Waffe den Wirt nur um wenige Zentimeter verfehlt.

„Man will mich umbringen!“, kreischte Spurius. „Hilfe!“

Nun flog die Tür auf und zwei Männer stürzten herein. Leon hatte ihre Gesichter am Nachmittag schon einmal gesehen – es handelte sich um zwei Kellner.

„Was ist geschehen, Herr?“, fragte einer der beiden verdattert.

„Jemand hat diesen Speer auf mich geschleudert“, sagte der Wirt atemlos. „Zum Glück hat er mich nicht getroffen.“

„Wer war das?“

„Ich weiß es nicht“, erwiderte Spurius tonlos. „Ich war gerade auf dem Weg zur Tür, als der Speer geflogen kam. Als ich mich umdrehte, war niemand zu sehen. Und dann kamen diese drei Kinder da.“ Er starrte Leon, Kim und Julian durch das Fenster hindurch an. „Euch kenne ich doch …“, murmelte er.

„Kommt, wir verduften, bevor er uns blöde Fragen stellt“, flüsterte Julian.

Doch Leon stoppte ihn. „Warte, ich will mir ansehen, was die Typen an die Wand geschmiert haben.“ Dann studierte er im Mondlicht den Spruch, den die Täter auf Augenhöhe angebracht hatten:

Bona opinata contemnimus.

„Scheinbare Vorteile verachten wir“, wiederholte Leon leise für sich. „Das verstehe ich nicht. Was wird hier nur gespielt?“

„Lass uns gehen“, drängte jetzt auch Kim.

Widerstrebend folgte Leon seinen Freunden. Als sie das Forum hinter sich gelassen hatten, meinte er: „Hättet ihr gedacht, dass die vier Typen Spurius angreifen?“

„Nein, niemals“, antwortete Kim. „Ich dachte, dass sie unter einer Decke stecken.“

„Ich auch“, fügte Julian an. „Offenbar ist jedoch das Gegenteil der Fall. Spurius scheint genau wie Titus ein Opfer der Verbrecher zu sein. Aber was haben die eigentlich vor?“

Leon zupfte an seinem linken Ohrläppchen. „Gute Frage. Vielleicht kann uns Sabina einen Tipp geben.“

Und so hetzten die Freunde durch das abendliche Pompeji zurück zu Titus’ Reich. Sie liefen direkt in ihre Unterkunft. Doch Sabina war nicht da.

„Keine Ahnung, wo sie ist“, sagte Manius, als Leon ihn fragte. Der Fullo saß vor dem Haus und würfelte mit zwei anderen Arbeitern. „Aber wenn ihr wollt, erzähle ich euch einen ganz tollen Witz.“

„Nein, nein, lass gut sein!“, riefen die beiden anderen Männer sofort.

„He, was soll das?“, empörte sich Manius. „Ihr kennt den Witz doch gar nicht.“

„Doch, ganz sicher! Und jetzt würfle endlich! Du bist dran!“

Murrend nahm Manius die Würfel.

Die Freunde wandten sich enttäuscht ab.

„Lasst uns auf Sabina warten. Irgendwann muss sie ja schließlich kommen“, schlug Leon vor.

Sie begannen, mit Kija zu spielen. Als Ball diente ein zusammengeknotetes Stück Stoff.

Eine halbe Stunde später tauchte die Fulla schließlich auf. Die Gefährten zogen sie beiseite, und Leon berichtete, was sie beim Wirtshaus erlebt hatten.

Sabina schlug entsetzt die Hand vor den Mund. „Wieder ein Anschlag – wie furchtbar!“

„Hast du eine Ahnung, wer die Täter sein könnten?“

„Nein“, hauchte Sabina. „Aber auch Spurius hat viele Feinde in Pompeji. Zum Beispiel Titus …“

„Titus?“, fragte Leon nach. „Haben die beiden Streit?“

„Allerdings“, erwiderte Sabina. „Es geht um ein wertvolles Grundstück beim Theater. Beide wollten es kaufen, aber Spurius bekam den Zuschlag. Nun behauptet Titus, dass Spurius einen Beamten bestochen habe.“

„Du meinst also, dass Titus hinter dem Anschlag steckt?“

Sabina hob abwehrend die Hände. „Nein, das habe ich nicht behauptet. Ich habe nur gesagt, dass Titus und Spurius Streit haben."

Leon nickte. Dann sagte er zu Kim und Julian: „Wir sollten uns aufs Ohr hauen, morgen wird bestimmt wieder ein harter Tag."

„So ist es", seufzte Sabina. „Schlaft gut!"

Als sie allein in ihrer Kammer waren, sagte Julian: „Meint ihr, dass Titus hinter dem Anschlag steckt? Einen Grund hätte er ja …"

„Ja", meinte Kim. „Und vielleicht hat er auch den Soldaten Gaius vergiftet, um Spurius' Gasthaus in Verruf zu bringen und ihn zu ruinieren."

Doch Leon überzeugte diese Theorie nicht. „Ich frage mich nur, was der Spruch damit zu tun haben könnte, der an Spurius' Hauswand geschmiert wurde. Von einem Streit um ein Grundstück ist da nicht die Rede … Und bedenkt, dass Titus ebenfalls angegriffen wurde und dass auch bei ihm ein Spruch an der Wand stand."

Julian ließ sich auf seine Matte fallen. „Das stimmt allerdings." Er massierte seine Schläfen. „Das ist wieder ein höchst verzwickter Fall. Vielleicht stammen die Sprüche ja auch gar nicht von denselben Tätern …"

Leon stöhnte leise auf. „Oje, jetzt wird es wirklich kompliziert!"

Der Schatten in den Thermen

Der nächste Tag in Pompeji verstrich zunächst ohne neue Zwischenfälle. Die Freunde schufteten hart bei Titus, ertrugen dessen offenbar chronisch schlechte Laune und mehrere Witz-Anfälle von Manius. In ihrem Fall kamen die Gefährten keinen Millimeter weiter.

Der späte Nachmittag hielt jedoch eine angenehme Überraschung für sie bereit. Titus verließ sein Reich wegen eines Geschäftsessens, wie er wichtigtuerisch ankündigte. Und kaum, dass er das Haus verlassen hatte, konnten sich auch die Freunde verkrümeln.

„Lasst uns die Stabianer Thermen besuchen!“, schlug Julian vor.

„Hervorragende Idee!“, sagte Leon.

„Ja schon, ich fürchte jedoch, dass Kija nicht mitkommen kann“, meinte Kim. „Aber ins Wasser geht sie sowieso nicht gern.“

Eine halbe Stunde später betraten die Freunde ohne tierische Begleitung die berühmte Badeanstalt, in der Kinder freien Eintritt hatten. Die Wände waren mit Bildern verziert, die Männer beim Sport zeigten.

„Halt“, sagte ein Mann am Eingang unfreundlich und deutete auf Kim. „Du nicht. Jedenfalls nicht hier.“

Kim wollte schon protestierten, doch der Mann deutete mit dem Daumen nach rechts. „Der Eingang für Mädchen und Frauen ist auf der anderen Seite.“

Julian hob bedauernd die Schultern. „Schade, aber das hätten wir uns eigentlich denken können.“

„Na, dann bis später“, sagte Kim und ging in die angegebene Richtung.

Rechts vom Eingang lag das *Apodyterium*, in dem Leon und Julian ihre Kleidung in kleinen Fächern ablegen konnten, die in die Mauer eingelassen waren. Der Raum hatte eine hohe gewölbte Stuckdecke, die mit symmetrischen Mustern verziert war. Eine der Wände war in einem warmen Rot gehalten, die anderen in einem honiggelben Farbton.

Als Julian seine Tunika in eines der Fächer schob, ging ein älterer Mann an ihm vorbei in Richtung *Tepidarium*. Der Junge stutzte – diesen kleinen dicken Mann mit dem dünnen Haarkranz und der vorspringenden Nase hatte er doch schon mal gesehen ... Er grübelte einen Moment, dann fiel es ihm ein: Das war Maritimus gewesen, der Duumvir!

Julian gab Leon ein Zeichen. Dann folgten sie dem Bürgermeister in das Tepidarium, in dem es ziemlich heiß war und in dem sich nur fünf Männer aufhielten.

Julian schätzte die Temperatur auf 40 Grad. Hier sollten sich die Gäste der Thermen akklimatisieren.

Auch dieser rechteckige Raum mit seiner hohen Decke war sehr prächtig ausgestattet. Der Boden bestand aus weißen Marmorplatten. An den hellrot bemalten Wänden standen Statuen, die muskulöse Männer und schöne Frauen zeigten. Neben einem runden Bassin mit einem Wasserspeier in Delfin-Form gab es eine große Wanne aus Stein, in der man ein Bad nehmen konnte. Während sich Julian und Leon auf eine der Bänke setzten, tauchte Maritimus in der Wanne ab. Sein Haupt bettete er auf ein Kissen, das ihm ein Sklave eilfertig unter den feisten Nacken schob.

Der Duumvir begann ein Gespräch mit einem anderen Mann, der sich ebenfalls in die Wanne gesetzt hatte. Julian spitzte die Ohren. Die Männer unterhielten sich über den bevorstehenden Besuch des Diktators und das Programm, das ihm geboten werden sollte.

„Hoffentlich taugen die Gladiatoren was", meinte der unbekannte Mann.

„Ja, beim Mars, das hoffe ich auch. Sulla mag den Kampf Mann gegen Mann bis zum bitteren Ende – und er hasst Feiglinge", knurrte Maritimus. „Aber ich habe dem Leiter der Kämpfe klargemacht, dass er mit seinem Kopf dafür haftet, dass Sulla unsere Schau lieben wird."

Der andere grunzte zufrieden. Dann redeten die Männer noch ein wenig über ihre Geschäfte.

Julian ließ seinen Blick schweifen – und dabei entdeckte er einen großen und kräftigen Mann mit lockigen Haaren, der ihm bisher nicht aufgefallen war und der den Freunden genau gegenübersaß. Der Mann fixierte Maritimus. In seinen Augen lag etwas Lauerndes, was Julian alarmierte. Als sich ihre Blicke kreuzten, schaute der Fremde zu Boden.

Eine Viertelstunde später schnippte Maritimus mit den Fingern. Sofort stürzte ein Sklave herbei und hielt dem Bürgermeister ein Handtuch hin. Maritimus trocknete sich ab und legte sich auf eine der gepolsterten Bänke, wo er sich von dem Sklaven zunächst mit einem duftenden Öl massieren ließ. Anschließend schabte der Sklave das Öl mit einer *Strigilis* von der Haut des Bürgermeisters.

„Nicht so grob", raunzte Maritimus den Sklaven an, der sich sofort mehrfach entschuldigte.

„Ja, ja, schon gut", winkte der Bürgermeister ab. Dann erhob er sich und verließ das Tepidarium.

Sofort kam auch Bewegung in den Mann mit dem Lockenkopf. Der Unbekannte ging Maritimus hinterher.

Zufall?, fragte sich Julian. Oder verfolgte der Lockenkopf den Bürgermeister etwa?

Wieder gab Julian seinem Freund ein Zeichen und

die Jungen betraten nun ebenfalls den angrenzenden Raum. Als sie die Tür beiseiteschoben, schlug ihnen heißer Dampf entgegen und im ersten Moment sah Julian fast gar nichts. Die Hitze war groß, zudem herrschte eine hohe Luftfeuchtigkeit. Julian ahnte, dass sie sich jetzt im *Caldarium* befanden, einem Teil der Therme, in dem sich die Besucher an höhere Temperaturen gewöhnten, bevor sie den heißesten Raum, das *Laconium*, betraten.

Das einzige Licht im Caldarium kam von drei Fackeln, die an den Wänden befestigt waren. Außerdem schimmerten rot glühende Kohlen unter zwei flachen Pfannen, in denen Wasser verdampfte.

Julian suchte den Raum mit den Augen ab. Maritimus saß auf einer Bank. Er hatte sich an die Wand gelehnt und die Augen geschlossen. Einige Meter entfernt, halb verborgen vom Dampf, stand der Fremde. Die beiden Männer waren nicht mehr als geisterhafte Gestalten im Nebel. Dennoch hatte Julian das Gefühl, dass der Lockenkopf zum Bürgermeister hinüberstarrte. Sonst war niemand im Raum.

Der Junge bemerkte, dass auch der Fußboden beheizt war. Irgendwo hatte er mal gelesen, dass die Römer die Fußbodenheizung erfunden hatten: Mit einem *Hypocaustum* konnten Böden und sogar Sitzgelegenheiten erwärmt werden. Noch während Julian einmal mehr den Erfindungsreichtum der Römer bewunderte, vernahm er ein Schnarchen. Offenbar war Maritimus eingenickt.

Eine Viertelstunde verging. Julian und Leon schwitzten ziemlich.

„Ich freue mich schon auf das *Frigidarium*“, sagte Julian leise.

„Frigi-was?“

„Auf das Kaltbad, das wird herrlich erfrischend, wetten?“

In diesem Augenblick schreckte Maritimus aus seinem Schlaf hoch. Er stand auf und verließ das Caldarium.

Julian blickte zu dem anderen Mann hinüber. Der schaute kurz zu den Freunden, dann folgte er erneut dem Bürgermeister.

Julians Puls beschleunigte sich. Es sah wirklich ganz so aus, als hätte Maritimus einen Schatten. Was wollte der Lockenkopf vom Bürgermeister? Oder war alles doch purer Zufall?

Im Laconium herrschten Temperaturen, die Julian an eine finnische Sauna erinnerten. Wie kann man sich das nur antun?, dachte er. In Pompeji ist es doch sowieso immer so heiß!

Offenbar dachte Maritimus ähnlich. Er hielt sich nicht länger als zehn Minuten in dem vergleichsweise kleinen Raum mit der hellblau gestrichenen Kup-

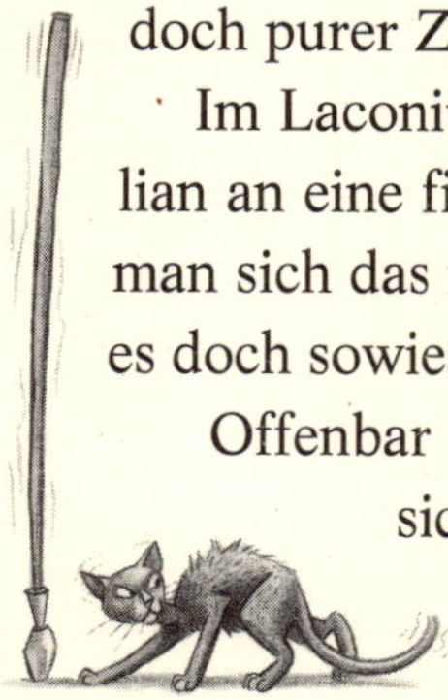

pel auf. Als er ging, erhob sich der Lockenkopf ebenfalls.

Julian und Leon warteten ein, zwei Minuten. Dann liefen sie durch den heißen Raum, der jetzt vollkommen verwaist war, und gelangten zu der Tür, durch die der Bürgermeister und der Lockenkopf gerade verschwunden waren.

Julian zog sie vorsichtig auf. Er und Leon blickten in eine geräumige runde Halle, in der es angenehm kühl war. Die Halle hatte eine Lichtöffnung in der Kuppel und wurde fast ganz von einem kreisrunden Bassin mit einem plätschernden Brunnen eingenommen. In diesem Bassin befanden sich die beiden einzigen Gäste: der Bürgermeister und der Lockenkopf.

Julians Blut gefror. Die Männer kämpften miteinander! Jetzt verpasste der Lockenkopf Maritimus einen heftigen Schlag unters Kinn. Der Kopf des Bürgermeisters flog nach hinten, dann drohte der offenbar bewusstlose Mann langsam zu versinken. Der Lockenkopf setzte nach und drückte den Körper seines Gegners ganz unter Wasser.

„Aufhören!", schrie Julian und stürmte mit Leon hinter der Tür hervor.

Der Lockenkopf ließ von seinem Opfer ab und zog sich am Beckenrand hoch. In Windeseile floh er durch den Hinterausgang aus dem Frigidarium.

Julian und Leon kümmerten sich nicht um ihn, sondern sprangen in das kalte Wasser.

Julian blieb prompt kurz die Luft weg. Er kraulte zu Maritimus. Mit Leons Hilfe gelang es ihm, den Bürgermeister bis zum Rand des Beckens zu ziehen. Wieder und wieder riefen die Freunde um Hilfe. Und endlich erschienen zwei Sklaven auf der Bildfläche. Sie hievten den schweren Mann aus dem Wasser und betteten ihn auf eine Liege.

Kaum, dass der Bürgermeister dort lag, schlug er die Augen auf: „Was ist passiert?"

„Ein Mann mit …", hob Julian an, doch der Bürgermeister brachte ihn mit einer Handbewegung zum Schweigen.

„Jetzt weiß ich es wieder – dieser widerliche Kerl mit den lockigen Haaren. Er hat mich im Becken plötzlich einfach angegriffen und bewusstlos geschlagen. Na warte!" Er schwang die Beine von der Liege und stand ruckartig auf. Doch sofort setzte er sich wieder. „Mir ist schwindelig", murmelte er.

„Sollen wir einen Arzt holen?", bot Julian an.

„Nein, es geht gleich wieder." Der Bürgermeister schaute Julian und Leon durchdringend an. „Wer seid ihr überhaupt?"

Julian nannte ihre Namen und berichtete von ihren Beobachtungen.

„Danke, dass ihr mir geholfen habt", sagte Maritimus und wagte einen zweiten Versuch aufzustehen. Diesmal klappte es. „Ich werde mich umziehen und dann die Stadtwachen alarmieren. Die Legionäre sollen ganz Pompeji durchkämmen und diesen Mistkerl finden", kündigte er an.

„Du kennst ihn also nicht?", fragte Julian nach.

„Nein, ich habe ihn noch nie gesehen."

„Und warum könnte er dich angegriffen haben?"

„Ich habe keine Ahnung, vielleicht ist es irgendein Verrückter."

Julian schwieg. Nein, ein Verrückter war das sicher nicht gewesen. Stand der Angriff auf den Bürgermeister etwa im Zusammenhang mit den Anschlägen auf den Stoffhändler Titus, den Soldaten Gaius und zuletzt auf den Wirt Spurius?

Julian und Leon trotteten hinter Maritimus her in den Umkleideraum. Dessen Fach mit den Kleidungsstücken lag gleich neben dem der Freunde.

„Was ist denn das?", schrie der Bürgermeister unvermittelt.

Julian schaute zu ihm hinüber.

Maritimus hatte ein Stück Papyrus in den Händen. Seine Augen waren vor Entsetzen geweitet.

Die Jungs kamen zu ihm und warfen einen Blick auf den Brief. Jemand hatte im Fach des Bürgermeisters eine unheimliche Botschaft hinterlassen. Julian spürte, wie sich seine Nackenhaare aufstellten. Er las:

In criminis contra rem nostram loco ponimus mores tuas.

Übersetzt hieß das: *Dein Tun ist ein Verbrechen gegen unsere Sache.*

Böses Blut

Am nächsten Morgen standen Kim, Leon und Julian mit einigen anderen Arbeitern und Sklaven in einem der großen Becken und stapften mit ihren nackten Füßen in der Wäsche herum. Ein mürrischer Aufseher behielt alles im Auge.

Unter Kims Füßen blubberte und platschte es. Ein strenger Geruch stieg in ihre Nase. Außerdem war der Stoff mitunter ziemlich rau, sodass die Füße des Mädchens bald zu schmerzen begannen.

Was für eine blöde Arbeit!, dachte Kim. Kija hat es gut!

Die Katze hatte sich wieder ein schattiges Plätzchen gesucht und sah den Freunden bei der Arbeit zu.

Um sich abzulenken, beschäftigte sich Kim mit dem Fall, denn natürlich hatten Leon und Julian ihr von dem Anschlag auf den Duumvir erzählt. Auch Sabina und Manius waren von den Jungs informiert worden.

Dein Tun ist ein Verbrechen gegen unsere Sache …

Das klang nach jemandem, der eine Rechnung mit dem Bürgermeister Maritimus offen hatte. Aber welche?

„*Ave!*“ Sabina trat mit Manius im Schlepptau an das Bassin, in dem sich die Freunde befanden.

„Wisst ihr schon das Neueste?“, fragte Manius und rollte mit den Augen.

„Ne!“, antwortete Kim.

„Wenn du einen angeblich neuen Witz erzählen willst, versenk ich dich in diesem Becken!“, schnauzte ein anderer Arbeiter ihn an.

„Banause!“, rief Manius eingeschnappt. Dann sagte er leise zu den Freunden: „Gaius, der Offizier, ist auf dem Weg der Besserung. Das habe ich heute Morgen beim Bäcker erfahren.“

Kim lächelte. Das war doch wirklich mal eine gute Nachricht! „Und der Mann mit dem Lockenkopf – hat man den geschnappt?“

„Nein, die Legionäre haben die ganze Stadt durchkämmt – jedoch ergebnislos. Der Mann scheint wie vom Erdboden verschluckt zu sein. Die Leute sind ziemlich verängstigt. Wenn nicht mal der Bürgermeister vor diesen Verbrechern sicher ist, wer dann? Und Maritimus soll gesagt haben, dass er es sich überlegen will, ob er noch einmal für das Amt des Duumvirs kandidiert.“

Sabina lachte auf. „Also, wegen mir kann er es ruhig lassen! Ich kann ihn nicht leiden.“

Davon würde sich Maritimus wohl kaum beeinflussen lassen, dachte Kim und trat noch etwas fester auf das nasse Bündel in der Brühe.

Manius hob einen Finger. „Wer hat Lust auf ein neues Rätsel?“

„Ich nicht!“, tönte es vielfach von den Bassins. Auch die Freunde hatten anderes im Sinn. Nur Sabina ließ sich darauf ein. Sie betrat zusammen mit Manius ein unbesetztes Becken, das etwas abseits der anderen lag. Wenig später hörten die Freunde, wie sie lauthals lachte. Worum es ging, konnten sie allerdings nicht verstehen.

Fünf Stunden verrichteten die Freunde ihre eintönige Arbeit. Titus ließ sich mehrfach kurz blicken und hatte natürlich stets einiges zu meckern. Seine Arbeiter begegneten seiner erneut miesen Laune mit erstaunlicher Gelassenheit, fand Kim. Sie selbst fuhr gern mal aus der Haut, wenn ihr jemand auf die Nerven ging. Und auf Titus traf dies definitiv zu.

Als die Sonne ihren Höchststand erreicht hatte, kletterte Manius aus seinem Becken. „Schluss!“, sagte er. „Jetzt wird Pause gemacht.“

Die Gefährten, Sabina und die anderen folgten seinem Beispiel.

„Ich werde mir eine Kleinigkeit zu essen kochen“, kündigte Manius an.

„Kochen? Viel zu heiß“, meinte Sabina. „Ich laufe

zum Thermopolium gleich um die Ecke." Sie schaute die Freunde an. „Wollt ihr mit?"

Kim hob bedauernd die Schultern. „Wir haben kein Geld."

„Ach, das macht nichts", sagte Sabina. „Ich lade euch ein. Die paar Sesterzen kann ich erübrigen."

Keine fünf Minuten später standen Julian, Kim, Leon, Kija und Sabina an dem Thermopolium. Es handelte sich um ein kleines Haus, das zur Straße hin eine gemauerte Theke hatte. In diese Theke waren mehrere Vorratsbehälter und Töpfe eingelassen, die von unten mit einem Feuer warm gehalten werden konnten.

„Was gibt es denn heute?", fragte Sabina.

„Eintopf mit Linsen, Bohnen und Kichererbsen mit Brot oder *Gerres* mit Garum", sagte die Frau hinter dem Tresen.

Gerres? Das kannte Kim doch. Das war irgend so ein eingelegtes Fischzeugs – und Kim hasste Fischgerichte. Diese Garum-Soße, die ebenfalls nach Fisch schmeckte, konnte ihr ebenfalls gestohlen bleiben. „Ich möchte den Eintopf", sagte sie daher schnell.

Die anderen entschieden sich alle für die kleinen Fischhäppchen mit der berühmten Soße.

Sie setzten sich mit dem Essen in den Schatten einer Markise.

Während Kim den faden Brei löffelte, schaute sie zu, wie Leon Kija etwas von seinen Gerres abgab. Die

Katze stürzte sich auf den Fisch und verputzte ihn in rekordverdächtiger Zeit.

Sabina erzählte, dass sie ein Rätsel, das sie vergangene Nacht von Manius gestellt bekommen hatte, nicht geknackt hatte.

Rätsel …, dachte Kim versonnen. Womöglich konnte Sabina ihnen bei ihrem rätselhaften Fall weiterhelfen. Immerhin kannte sie sich in Pompeji gut aus, vielleicht konnte sie ihnen ein Hinweis geben, in welchem Zusammenhang die einzelnen Anschläge zueinander standen.

„Damit haben Titus und vor allem Maritimus sicher nicht gerechnet“, sagte Sabina, nachdem Kim das Gespräch auf die Anschläge gebracht hatte. „Früher, da war ein Duumvir ziemlich unantastbar. Aber die Zeiten haben sich geändert.“

Kim wurde hellhörig. „Wie meinst du das?“

Sabina wiegte den Kopf. „Seit Sulla Pompeji erobert hat, hat sich so einiges geändert …“

„Jetzt lass dir doch nicht alle Würmer einzeln aus der Nase ziehen!“, drängte das Mädchen.

Sabina verdrückte in aller Seelenruhe noch einen der kleinen Fische. „Sulla will die alte Führungselite aus der Stadt vertreiben“, sagte sie schließlich. „Er fürchtet wohl, dass sie ihm gefährlich werden könnte. Deshalb hat er viele neue Leute auf wichtige Posten gehoben. Leute, denen er vertraut. Außerdem hat er begonnen, einige reiche Bürger zu enteignen oder ihre Geldquellen trockenzulegen. Im vergangenen Jahr sind zweitausend neue Bürger nach Pompeji gekommen – die meisten stammen aus Rom und sind Sulla treu ergeben. Diese neuen Leute nehmen vielen anderen, oft einflussreichen Bürgern die Häuser und Geschäfte weg – und das alles mit Sullas Segen."

„Das gibt bestimmt eine Menge böses Blut", ahnte Kim.

„Du sagst es, beim Jupiter. Mich armen Schlucker betrifft das natürlich alles nicht", erwiderte Sabina und lachte heiser.

Ja, dachte Kim, aber Leute wie Titus, Gaius oder Spurius. Und natürlich Maritimus … Jetzt gab es vielleicht doch eine Parallele zwischen diesen vier Männern!

Am späten Nachmittag durften die Freunde Feierabend machen.

Sie hockten sich vor die armselige Gemeinschaftsküche und spielten mit Kija ein wenig Ball. Außer ihnen war niemand im Hof.

„Jungs, ich sage euch, die vier Anschläge stehen in einem direkten Zusammenhang", sagte Kim leise.

„Und der wäre?", fragte Julian.

„Diese vier Männer haben eines gemeinsam: Sie sind reich oder mächtig oder sogar beides."

„Worauf willst du hinaus?“

„Vielleicht steckt Sulla ja höchstpersönlich hinter den Anschlägen“, wisperte das Mädchen. „Sabina hat doch gesagt, dass der Diktator die Führungselite der Stadt beseitigen möchte. Und die Anschläge galten einem vermögenden Stoffhändler, einem reichen Wirt, einem hohen Offizier und einem Bürgermeister. Das passt doch ganz wunderbar zusammen.“

Leon pfiff leise durch die Zähne. „Demnach würden die Täter also im Auftrag des Diktators handeln.“

„Genau das.“

In diesem Moment kam Sabina auf sie zu. „Ich fürchte, ihr bekommt noch etwas zu tun“, sagte sie.

„Och nö“, maulte Kim.

„Leider doch“, entgegnete Sabina. „Titus schickt mich. Ich soll euch sagen, dass ihr ihn heute Abend zu Vibius begleiten sollt – ins *Haus des Fauns*.“

Kim glaubte, sich verhört zu haben. „Das Haus des *Fauns?*“

„Ja, so nennt es jeder in Pompeji. Es ist nach einer besonders schönen Figur benannt, die man dort bewundern kann.“

„Und wer ist dieser Vibius?“

„Ein Weinhändler. Er ist einer der reichsten Männer in der Stadt. Deshalb gehört ihm auch das größte Haus.

Titus ist dort zu einem Gelage eingeladen und will elegante Stoffe verkaufen. Ihr sollt die Waren dorthin tragen und den hohen Herren auf Verlangen präsentieren."

Kim seufzte leise. Also würden sie heute Abend noch arbeiten dürfen – vielleicht sogar als Modepüppchen. Das passte ihr überhaupt nicht. Andererseits würden sie dem offenbar reichsten Mann der Stadt einen Besuch abstatten. War dieser Vibius womöglich auch schon ins Visier der Täter geraten?

Im Haus des Fauns

Das Haus des Fauns lag ebenfalls in der Via della Fortuna und so hatten es die Freunde nicht allzu weit.

Titus ließ sich in einer Sänfte zu seinem Kunden tragen. Die Freunde trotteten hinterher und zogen einen Handkarren, in dem sich feine Stoffe und Kleidungsstücke aller Art befanden. Nur Kija war im Haus des Tuchhändlers geblieben – sie hatte sozusagen frei.

Als sie ihr Ziel erreicht hatten, blieb Leon vor Staunen der Mund offen stehen. Das war kein Haus, das war ein Palast mit drei Stockwerken! Die Front zur Straße mit ihren fein gearbeiteten *Lisenen* wies sechs Eingänge auf. Zudem gab es dort vier, jetzt bereits geschlossene Geschäfte, die *Tabernae.* Im Erdgeschoss hatte das Gebäude hübsche Säulen mit aufwendigen Kapitellen.

„Das Haus hat rund 3000 Quadratmeter Fläche“, raunte Julian seinen Freunden zu.

Klar, dachte Leon, Julian weiß das von seinem Pompeji-Besuch in der Gegenwart.

„Steht da nicht dumm rum“, meckerte Titus, der sich aus der Sänfte schälte. „Nehmt jeder so viele Stoffe, wie ihr tragen könnt. Aber verknittert mir nichts!“

Einer seiner Sklaven klopfte an die zweite Tür von links, die sofort aufgerissen wurde. Man ließ Titus und die hoch beladenen Gefährten herein. Die vier Sänftenträger mussten jedoch draußen warten.

Ein Sklave von Vibius führte sie in ein riesiges *Atrium,* einen offenen Innenraum, der von mehreren Fackeln erhellt wurde. Die mit Stuck verzierten Wände waren in warmen Gelb- , Grün- und Brauntönen gehalten. Künstler hatten die Umrisse von großen Steinquadern in den Stuck geritzt, sodass das Haus an die prächtigen Gebäude auf dem Forum erinnerte. In der Mitte des Atriums befand sich ein rechteckiges Wasserbecken. Je drei *Cubicula,* in denen man schlafen konnte, lagen rechts und links des Beckens. Von irgendwoher erklang leise Musik.

Nun erreichte der Sklave die Stirnseite des Wasserbeckens. Und genau hier stand auch die Statue des Fauns, die dem Haus seinen Namen gegeben hatte: Es handelte sich um einen vollbärtigen, nackten Tänzer. Die Statue war ungemein akkurat gestaltet worden, erkannte Leon: Jeder Muskel des Mannes war zu sehen.

Der Sklave klopfte an eine Doppeltür aus dunklem Holz.

„Herein“, erklang eine barsche Stimme.

Der Diener öffnete die Türen und trat mit gesenktem Kopf beiseite.

„Ave, mein Freund!“, rief Titus übertrieben fröhlich.

Sie betraten das *Tablinum*, ein quadratisches Arbeitszimmer, dessen Boden aus geometrisch zugeschnittenen bunten Fliesen bestand.

Leon spähte an seinem schweren Stapel vorbei und erkannte einen Mann in einer schneeweißen Tunika mit roten Säumen, der etwa fünfzig Jahre alt war und eine Glatze hatte. An seinen Fingern blitzten goldene Ringe. Seine Mundwinkel deuteten nach unten, die Nase war lang und etwas schief. Unter den buschigen Brauen huschten dunkle Augen hin und her. Vibius saß hinter einem großen Schreibtisch, auf dem einige Schriftrollen lagen. Hinter dem Schreibtisch stand ein Regal, in dem sich ebenfalls Schriftrollen befanden.

„Auch ich grüße dich, Titus.“ Der Weinhändler erhob sich. Er war sehr groß und schlank.

„Ich habe dir ein paar hübsche Stoffe mitgebracht“, sagte Titus leicht unterwürfig.

„Gut, ich werde sie mir nachher ansehen“, erwiderte Vibius. „Lass uns vorher einen kleinen Spaziergang machen. Ich muss dir meinen neuen Garten zeigen.“

„Sehr gern.“

Und weil niemand den Freunden etwas anderes sagte, liefen sie den beiden Männern einfach hinterher.

Sie betraten einen gewaltigen Innenhof, in dem viele

Platanen standen. In der Mitte befand sich ein rechteckiger Säulengang, der einen imposanten Springbrunnen umschloss. Im Licht von Fackeln entdeckte Leon zwischen Bäumen und sauber gestutzten Büschen zahlreiche Statuen. Besonders beeindruckend fand er die eines Speerwerfers.

Vibius, Titus und die Freunde wandelten durch den parkähnlichen Garten. Dabei kamen sie auch an der Küche vorbei, aus der hektische Stimmen und ein feiner Bratenduft drangen. Ein Sklave hatte den beiden reichen Männern inzwischen Pokale mit Wein gereicht.

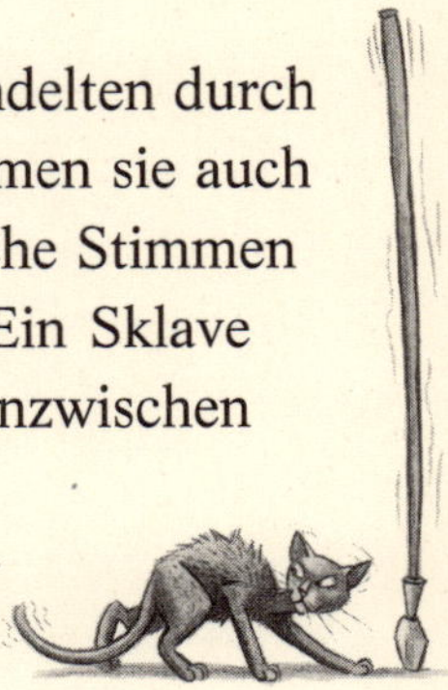

Schließlich gelangten sie zu einer großen offenen Nische in der Mauer, die den Innenhof umschloss.

Leon staunte erneut. Der Boden der etwa 20 Quadratmeter großen *Exedra* bestand aus einem einzigartigen Mosaik, das eine Schlacht zeigte.

„Das ist das berühmte Alexander-Mosaik", raunte Julian Leon und Kim zu. „Es besteht aus 1,5 Millionen Steinchen und zeigt Alexander den Großen während der Schlacht gegen den Perserkönig Dareios."

1,5 Millionen Steinchen! Leon konnte es nicht fassen. Zu gerne hätte er gewusst, wie lange die Künstler für dieses Mosaik gebraucht hatten.

Sobald die hohen Herren das *Peristyl* umrundet hatten, betraten sie einen der Speiseräume, ein *Triclinium*.

Hier zeigte das Fußbodenmosaik eine bunte Vielfalt von Speisefischen.

„Lass uns eine Kleinigkeit essen, mein Freund", sagte Vibius zu Titus. Dann wandte er sich an die Gefährten. „Ihr stellt euch da hin und wartet, bis ich euch rufe." Er deutete in eine Ecke des großen Raumes. „Die Stoffe ladet in dem Nebenraum dort ab."

Leon, Kim und Julian gehorchten. Endlich konnten sie ihre Last absetzen – und zwar in einem Abstellraum, der sich an das Speisezimmer anschloss und eine Tür zum großen Innenhof hatte. Zurück in der Ecke des Tricliniums schaute sich Leon ein wenig um. Dieser Vibius musste wirklich märchenhaft reich sein. Die niedrigen Tische bestanden aus Marmor und die Liegen für die Tafelgäste waren mit Gold und Elfenbein verziert. Leopardenfelle verdeckten Teile des hübschen Fisch-Mosaiks am Boden. Blank polierte Leuchter aus Bronze spendeten warmes Licht, das auf mannshohe Statuen fiel. Eine davon, erkannte Leon, zeigte den Hausherrn höchstpersönlich.

Vibius und sein Gast betteten sich auf die mit unzähligen Kissen gepolsterten Liegen. Dann klatschte der Weinhändler in die Hände und die Vorspeisen wurden serviert.

Mit hungrigen Augen beobachtete Leon, wie die beiden Männer allerlei Leckereien in sich hineinstopften: Austern und Miesmuscheln in Wein, Poularde mit

Spargel sowie Oliven und Sardinen mit gehackten Anchovis. Dann folgte der erste Gang: Reh- und Wildschweinkoteletts. Anschließend reichten die Sklaven gebratene *Baumpieper,* Hühnerpasteten, frikassierte Wildenten, geschnetzeltes Sau-Euter sowie Schnecken.

Leon konnte kaum glauben, welche Unmengen die Männer in sich hineinschaufelten. Aber spätestens als das Sau-Euter serviert wurde, war Leons Hunger verflogen. Er schaute zu seinen Freunden. Kim schüttelte angewidert den Kopf. Auch sie schien keinen Appetit mehr zu haben.

Während die reichen Männer im Liegen tafelten, traten leicht bekleidete Tänzerinnen auf, die von drei Musikern begleitet wurden. Einer spielte eine siebensaitige *Lyra*, der zweite eine Panflöte und der dritte eine Doppelflöte, die *Tibia*.

Stunde um Stunde verging, während die Luft immer stickiger wurde. Titus und Vibius hatten ihre Häupter inzwischen mit Lorbeer gekrönt. Sie schienen sich blendend zu unterhalten, was sicher auch an dem vielen Wein lag, den sie sich gönnten. Immer wieder lachten die Männer schallend.

Und die Freunde? Die standen sich in ihrer Ecke die Beine in den Bauch. Leon bezweifelte inzwischen, dass sich noch jemand für die Stoffe und Tuniken interessierte, die sie hierhergeschleppt hatten.

Doch er irrte sich. Denn unvermittelt stützte sich

Vibius auf die Ellbogen und sah seinen Gast herausfordernd an. „Was hast du mir denn nun Schönes mitgebracht?“

Titus machte eine weit ausholende Handbewegung. „Es sind einige besonders hübsche Arbeiten meiner Schneider, gefertigt aus den erlesensten Stoffen, mein werter Freund.“

„Das hoffe ich“, erwiderte Vibius. „Ich brauche etwas für meine Rede vor dem Diktator. Außerdem will ich auch etwas für meine Tochter und meine Frau haben. Und beide, das kannst du mir glauben, sind mehr als anspruchsvoll.“

„Gewiss, gewiss“, säuselte Titus. „Schöne Frauen sollen sich auch mit den schönsten Stoffen schmücken. Es wird dir gefallen.“ Er nickte seinen Angestellten ungeduldig zu.

Sofort flitzten die Freunde in den angrenzenden Raum, der nur von einer einzelnen Öllampe beleuchtet wurde. Als sich Leon zu einem der Bündel bückte, sah er, wie eine Fußspitze hinter einen Vorhang zurückgezogen wurde.

Er schluckte. „Ist da jemand?“

Keine Antwort. Der Junge blickte Rat suchend zu Kim und Julian.

„Ich habe nichts gehört oder gesehen“, sagte Julian.

„Ich auch nicht“, kam es von Kim.

Leon ging zu dem Vorhang und zog ihn ruckartig zurück. Keine Menschenseele war zu sehen. Der Junge schaute in den weitläufigen Innenhof.

Dann habe ich mich wohl doch geirrt ..., dachte Leon und kam zu den anderen zurück.

„Was sollen wir nur als Erstes bringen?“, rätselte Julian.

„Ach, ich nehme einfach diesen Fetzen hier“, rief Kim und zog eine luftig leichte Kreation aus grünem Leinen hervor.

Leon bewaffnete sich mit einer aufwendig bestickten Tunika, Julian mit einer purpurfarbenen Toga.

Dann führten sie die edlen Stücke dem Weinhändler vor.

Vibius war ausgesprochen wählerisch, stellte Leon nach kurzer Zeit fest. Mal passte ihm dies nicht, mal das nicht. Die Freunde mussten mehrfach neue Sachen aus dem Abstellraum holen.

Als Leon wieder einmal die Kammer betrat und sich nach den Kleidungsstücken bückte, hörte er einen unterdrückten Schrei. Der Junge sah hoch. Das Geräusch war vom Vorhang gekommen. Leons Blut gefror. Der Vorgang bewegte sich, obwohl es keinen Luftzug gab.

Dann rauschte der Vorhang beiseite und ein Mann fiel in den Raum. Es war der Sklave, der sie vorhin in die Villa eingelassen hatte.

Vermummte Gestalten drangen hinter dem offenbar bewusstlosen Mann in den Raum. Sie waren mit Schwertern bewaffnet und stürmten auf Leon zu, der fassungslos dastand, eine Tunika in den Händen.

Die Schlacht im Speisezimmer

Ein Schrei übertönte die Musik des Trios.

Julian, der gerade vor der Liege des Hausherrn stand, wirbelte herum. Das war doch Leon gewesen!

Schon kam sein Freund hereingestürzt. Aus Leons Gesicht war jede Farbe gewichen. Direkt hinter ihm waren vier Männer mit Schwertern.

Leon machte einen weiten Satz und ging hinter der Statue des Hausherrn in Deckung.

Vibius, sein Gast Titus, die Musiker und die drei Sklaven, die gerade ein paar neue Leckereien servierten, waren zu Salzsäulen erstarrt. Sie glotzten die Eindringlinge mit offenen Mündern an.

Julian riss geistesgegenwärtig einen Tonkrug mit Wein vom Tisch und schleuderte ihn dem ersten Angreifer an die Stirn. Der Mann schrie auf und stolperte. Seine Komplizen fielen über ihn – und so gewann Julian wertvolle Sekunden.

Zusammen mit Kim kippte er blitzschnell einen der schweren Tische um, wobei Tabletts, Teller und Kelche zu Boden gingen, und duckte sich dahinter. Dann be-

gannen sie, die Vermummten mit einem Hagel aus Besteckteilen und Essen einzudecken. Hühnerbeine und ganze Fische wurden ebenso zu Wurfgeschossen wie massive Becher und Kerzenständer.

Nun griffen auch Titus, Vibius sowie die Musiker und Sklaven ein. Sie schleuderten alles in Richtung der Angreifer, was ihnen in die Finger kam.

Diese hatten sich inzwischen wieder aufgerappelt und versuchten, die Geschosse mit ihren Schwertern abzuwehren. Julian kam es so vor, als würden die Vermummten je einen Scheibenwischer bedienen – ein schwerer Weinpokal schepperte gegen die Wand, ein Tablett mit Obst wurde von der Spitze einer Waffe nach oben gegen die Decke katapultiert.

Die Vermummten kämpften sich Meter um Meter vorwärts, und Julian erkannte, dass sie offenbar Vibius im Visier hatten. Oder war es Titus?

In diesen Moment kippte Leon die Statue des Hausherrn um.

„Nein!", schrie Vibius. „Jede andere, aber nicht diese!"

Zu spät! Die Statue knallte zwischen die Angreifer, die hektisch beiseitesprangen.

Die Vermummten waren kurzzeitig abgelenkt – und wieder prasselten allerlei Gegenstände auf sie. Und dann stürmten auch endlich mehrere bewaffnete Sklaven herein.

Ein knappes Kommando erklang – und die Angreifer ergriffen die Flucht.

„Sieg, beim Jupiter!“, freute sich Vibius.

Doch er freute sich zu früh. Denn der letzte Mann, der aus dem Triclinium hetzte, drehte sich noch einmal um. Wie in Zeitlupe verließ das Schwert seine Hand.

„Vorsicht!“, brüllte Julian.

Vibius duckte sich, aber er war eine Spur zu langsam. Ein grauenhafter Schrei erklang, dann sackte der Weinhändler zusammen. Das Schwert klirrte zu Boden.

Julian sprang zu Vibius. Auch die anderen beugten sich über den Hausherrn.

„Vibius, mein edler Freund, wie …“, hob Titus an.

„Lasst mich, schnappt euch lieber die Täter!“, blaffte Vibius. Er hatte die Hand auf die rechte Schulter gepresst. „Sie dürfen nicht entkommen!“

So schlecht konnte es Vibius nicht gehen, dachte Julian erleichtert, während er zusah, wie die Sklaven den Vermummten folgten.

Der Weinhändler nahm die Hand von seiner Schulter. Blut hatte die Tunika durchtränkt. Doch Vibius winkte ab. „Nur ein Kratzer. Das Schwert hat mich nur gestreift, beim Mars. Was für ein Glück! Aber wenn ich diese Kerle in die Finger kriege, werden sie weniger Glück haben – ich werde mit ihrem Blut deine Stoffe färben, Titus.“

„Eine vortreffliche Idee“, lobte Titus. „Aber wir sollten dennoch einen Arzt holen.“

Vibius nickte und einer der Sklaven rannte los. Kurz darauf kehrte er mit einem Arzt zurück, der sich sogleich um den Hausherrn kümmerte.

Niemand beachtete die Freunde, die sich leise beratschlagten.

„Hast du einen der Typen erkannt, als du in dem Nebenraum warst, Leon?“, fragte Julian. „Könntest du dich an irgendein Gesicht erinnern?“

„Nein, die waren auch da schon vermummt.“

„Das habe ich mir gedacht“, murmelte Julian. „Kommt, wir schauen uns da mal um. Mich würde vor allem interessieren, wie die Kerle ins Haus gekommen sind. Vielleicht können wir ihre Spur zurückverfolgen.“

„Ja, außerdem muss sich mal jemand um den Sklaven kümmern, der vermutlich von den Angreifern niedergeschlagen wurde“, meinte Leon und ging voran.

Der Sklave war wieder bei Bewusstsein, aber noch etwas benommen, stellten die Freunde fest. Julian holte ihm einen Becher mit kühlem Wasser.

„Was ist passiert?“, fragte er dann.

„Ich bin in den Garten gegangen, um etwas Luft zu schnappen, weil es in der Küche so heiß ist“, wisperte der Sklave. „Aber verratet mich bloß nicht bei Vibius. Er wird mich sonst hart bestrafen.“

„Keine Sorge", versprach Julian. „Erzähl weiter!"

„Ich lehnte mich also an eine der Säulen und genoss den Augenblick, doch dann bekam ich einen Schlag auf den Hinterkopf und wurde bewusstlos", berichtete der Sklave. „Die Kerle müssen mich hierhergeschleppt haben. Mehr weiß ich nicht."

Julian nickte. Dann untersuchte er mit seinen Freunden den Raum, fand aber nichts Außergewöhnliches. Gerade als die Gefährten wieder zu Vibius und Titus gehen wollten, kehrten die Sklaven zurück, die die Verfolgung der Vermummten aufgenommen hatten.

Das geht aber flott, dachte Julian und fragte: „Das war wohl leider nichts, oder?"

Der erste Sklave nickte heftig. „Ja, zu dumm. Die Kerle sind vermutlich über die Mauer geklettert und in den Gassen entkommen. Es gibt in Pompeji viele Möglichkeiten, sich zu verstecken."

„Glaubt ihr, dass die Männer auch auf diesem Weg hier eingedrungen sind?", forschte Julian nach.

„Ganz bestimmt!", meinte der Sklave. „Aber jetzt müssen wir zu Vibius und ihm Bericht erstatten. Er wird nicht begeistert sein …"

Die Männer verschwanden und ließen die Freunde allein in dem Raum zurück.

„Und nun?", fragte Kim.

„Die Mauer", sagte Julian. „Lasst uns mal die Mauer

unter die Lupe nehmen. Es würde mich nicht wundern, wenn wir wieder eine kleine, nette Botschaft finden würden."

Julian sollte Recht behalten. Denn als sie den Garten mit dem Peristyl absuchten, stieß Julian an der Westseite des gewaltigen Hauskomplexes auf frisch hingeschmierte Buchstaben. Dort war zu lesen:

Nescimus an tu Pompejos amas.

Julian übersetzte in Gedanken: *Wir zweifeln, dass du Pompeji liebst.* Er atmete einmal tief durch. Wie war das zu verstehen? Er begann zu grübeln und rief sich die anderen unheimlichen Botschaften ins Gedächtnis.

Zum Gespräch sollst du dich nie mit einem Feind treffen, war der Offizier Gaius gewarnt worden. Und bei Maritimus hatte es in der Therme geheißen: *Dein Tun ist ein Verbrechen gegen unsere Sache.*

„Leute, ich habe das Gefühl, dass die Täter eine Art Rachefeldzug gegen Personen unternehmen, die sie für Verräter halten", fasste Julian seine Überlegungen schließlich zusammen.

„Ob der Diktator in den Augen der Täter auch ein Verräter ist?", hauchte Kim. „Sein Name fiel immerhin im Zusammenhang mit den Verbrechen ..."

„Ich weiß es nicht", gab Julian zu. „Vielleicht ist es ja auch genau umgekehrt: Vibius steht auf der schwarzen Liste des Diktators, weil der Diktator, wie wir ja von Sabina gehört haben, die alte Herrscher-Clique Pompejis aus dem Weg räumen will."

„Wir sollten uns noch mal mit Sabina und Manius unterhalten", schlug Kim vor. „Womöglich können sie uns etwas über das heutige Opfer sagen – zum Beispiel, ob Vibius nicht nur reich, sondern auch wirklich mächtig ist."

Ein interessantes Gespräch

Das Frühstück am nächsten Morgen war wie üblich ziemlich armselig. Kim, Leon, Julian und Kija saßen mit Sabina in der Gemeinschaftsküche.

Kim hatte Sabina gerade von den Ereignissen bei Vibius erzählt.

Die Fulla war aus dem Staunen gar nicht mehr herausgekommen. „In Pompeji scheint niemand mehr sicher zu sein“, sagte sie. „Noch nicht einmal die reichsten Männer.“

„Hat Vibius auch politischen Einfluss?“, fragte Kim nach.

Sabina lachte auf. „Wer in Pompeji Geld hat, der hat auch meistens viel Einfluss. Notfalls kauft er sich ihn.“

„Du meinst, Vibius hat wichtige Männer bestochen?“

Wieder lachte die Fulla. „Woher soll ich das denn wissen? Und jetzt muss ich los, Ware ausliefern.“ Sie erhob sich mit einem Seufzer. „Ihr geht am besten zu den *Fullones*.“

Großartig!, dachte Kim. Dann dürfen wir wieder in der Brühe herumstampfen …

Als Kim, Leon und Julian in die Becken mit der Wäsche stiegen, entdeckte das Mädchen den Witze-Erzähler Manius.

„Guten Morgen!“, rief er übertrieben fröhlich.

„Halt die Klappe, Manius!“, schnauzte ihn ein anderer Arbeiter an, bevor Kim den Gruß erwidern konnte. „An diesem Morgen ist gar nichts gut!“

„Sag das nicht!“, entgegnete Manius. „Die Sonne scheint, wir haben Arbeit und außerdem ist mir gerade eben ein wirklich guter Witz eingefallen. Der wird euch aufheitern, Leute. Er geht so: Kommt ein Mann zum Arzt …“

„Bitte nicht, Manius!“, flehten die anderen Fullones einmal mehr im Chor.

„Dann lasse ich es eben“, brummelte Manius und stampfte so fest auf die nasse Wäsche, dass die Tropfen nur so flogen.

„Dann erzähl uns deinen Witz, Manius“, sagte Kim, die Manius in ein Gespräch verwickeln wollte.

Manius hörte mit der wilden Stampferei auf. „Wirklich?“

Kim nickte ergeben.

„Also, kommt ein Mann zum Arzt“, wiederholte Manius. „Er hat einen Frosch auf dem Kopf. ‚Was fehlt dir denn?‘, fragt der Arzt. Da antwortet der Frosch: ‚Ich habe ein Geschwür am Po!‘“ Manius hielt sich den Bauch vor Lachen. „Ist das nicht urkomisch?“

Kim, Leon und Julian lächelten leicht gequält.

„Doch, der war ganz große Klasse“, lobte das Mädchen. Dann brachte Kim das Gespräch auf die Anschläge und berichtete von den Ereignissen bei Vibius.

„Der reiche Vibius, so, so“, sagte Manius, als Kim fertig war. „Na ja, geschieht ihm recht.“

Kim stutzte. „Wieso?“

„Weil er, nun …“ Der Fullo suchte nach Worten.

„Weil er was?“, bohrte das Mädchen nach.

„Ach, vergiss es“, sagte Manius schnell.

Das werde ich ganz sicher nicht tun, beschloss Kim in Gedanken. Hatte Manius sich gerade verplappert? Gehörte der mäßig talentierte Spaßmacher etwa zu den Tätern? Kaum vorstellbar … Aber Manius war auch ein Schauspieler. Womöglich verstand er es bestens, sich zu verstellen!

Kim nahm das Gespräch wieder auf und lenkte es auf die anderen Opfer. Dabei hörte sie etwas, was sie zutiefst überraschte.

„Nein, Maritimus ist noch nicht lange Bürgermeister. Erst seit etwa vier Wochen“, berichtete Manius.

Erst seit vier Wochen?, überlegte Kim. Dann konnte Maritimus nicht zu der alten Führungselite der Stadt gehören, die laut Sabina von Sulla ausgeschaltet werden sollte.

„Sulla selbst hat vermutlich dafür gesorgt, dass Maritimus gewählt wurde“, ergänzte Manius leise.

„Wie das?“

Manius zuckte die Schultern. „Man munkelt, dass er Maritimus’ Wahlkampf finanziert und Stimmen gekauft habe … Aber zu beweisen ist das nicht.“

Wenn das stimmt, dann ist Maritimus doch einer von Sullas Gefolgsleuten!, dachte Kim. Oder eine Art Marionette! Warum aber hätte Sulla dann Maritimus beseitigen lassen sollen?

Kim schwirrte der Kopf, während sie rhythmisch auf der Wäsche herumstampfte. Du musst logisch denken, ermahnte sie sich. Schritt für Schritt. Was war mit den anderen Opfern, zum Beispiel mit dem Offizier namens Gaius?

„Gaius?“, echote Manius. „Er muss ein Liebling vom Diktator sein. Denn anders ist sein Karrieresprung nicht zu erklären. Gaius war ein kleines Licht in der Legion, bis er plötzlich zum Legaten aufstieg. Er wurde von Sulla persönlich befördert. Das war einige Tage lang Stadtgespräch.“

„Wann war das?“

„Hm, vielleicht vor acht Wochen“, entgegnete der Fullo.

Acht Wochen! Dann konnte Gaius ebenfalls nicht zu den alten Eliten Pompejis gehören! Kim schaute zu Leon und Julian, die natürlich das Gespräch genau verfolgt hatten. Auch die Jungs wirkten reichlich überrascht.

Hinter Kims Stirn arbeitete es. Lag der Fall ganz anders, als sie bisher vermutet hatten? Wollte die Gruppe von Attentätern, zu der vielleicht sogar Manius gehörte, die neuen Freunde Sullas ausschalten? Aber was war mit Titus, dem Wirt Spurius und dem reichen Weinhändler Vibius?

„Sabina hat uns erzählt, dass viele Reiche in Pompeji enteignet worden sind. Titus offensichtlich nicht. Warum?“, fragte Kim.

„Titus? Der hat sich bestimmt mit den neuen Machthabern gutgestellt“, sagte Manius verächtlich.

„Und Spurius und Vibius?“

Der Fullo machte eine abwertende Handbewegung. „Bei Vibius gilt das sicher auch. Aber beim Wirt bin ich mir nicht sicher.“

Vielleicht hat der Diktator dafür gesorgt, dass dem Trio nichts geschieht, grübelte Kim. Womöglich waren auch Titus, Spurius und Vibius Vertraute von Sulla – und somit zu Zielscheiben der Täter geworden! Jemand wollte sich an ihnen rächen, wie schon Julian vermutet hatte. Aus welchen Gründen auch immer.

Die fünf Opfer der Anschläge hatten eine Gemeinsamkeit, brachte es Kim auf den Punkt: ihre Nähe zu Sulla!

Das Mädchen war so aufgeregt, dass es für ein paar Minuten vergaß, die Wäsche zu reinigen.

„He, was ist mit dir? Etwa schon müde?“, rief Manius lachend.

Pflichtschuldig machte Kim weiter. Sie brannte darauf, ihren Verdacht Leon und Julian mitzuteilen. Doch dazu kam sie erst während der Mittagspause.

„Klingt wirklich gut, deine Theorie“, sagte Leon, während er Kija unter dem Kinn kraulte, was ihm einige glückliche Maunzer einbrachte.

„Ja“, meinte auch Julian. „Und wenn Sullas Freunde Ziele der Anschläge waren, dann müssten die Täter doch erst recht versuchen, den Herrscher selbst auszuschalten, oder?“

Kim nickte heftig. „Genau das!“

In diesem Augenblick stürzte ein Arbeiter in den Hof. „Der Diktator kommt!“, brüllte er. „Er ist schon an der *Porta Marina!*“

Kim und ihre Freunde sprangen auf.

Jetzt herrscht Alarmstufe rot!, ahnte das Mädchen. Denn falls die Täter wirklich den Diktator im Visier hatten, dann bot sich vermutlich gleich die Gelegenheit zuzuschlagen!

Der Diktator und der Granatapfel

Niemand dachte mehr daran zu arbeiten, alle liefen auf die Straße und schlossen sich den Massen an, die zum Forum strömten. Denn genau dort wurde der Diktator erwartet.

„Wir müssen unbedingt zusammenbleiben!", rief Leon Kim und Julian zu.

Das Mädchen nahm Kija, die angesichts der vielen Menschen um sie herum etwas nervös wurde, auf die Arme. „Hat einer von euch eigentlich Manius gesehen?"

„Nein", gab Leon zurück. War das nur ein Zufall? Oder hatte sich der Fullo vielleicht irgendwo auf die Lauer gelegt? „Und was ist mit Sabina?", fragte er die anderen.

„Keine Ahnung, sie wird sicher irgendwo unter den Leuten sein", vermutete Julian.

Nun ergoss sich der Menschenstrom von der Via della Fortuna nach links in Richtung Forum, und schon tauchte die Rückseite des Kapitols auf. Die Freunde wurden durch einen der Triumphbögen gespült und fanden sich kurz darauf im Norden des Forums wieder, gleich neben den Stufen, die zum Kapitol hinaufführten.

Leon blickte sich um – vom Diktator war nichts zu sehen. Stattdessen blickte er auf die unzähligen Menschen, die ihn umgaben. So wird das nichts!, dachte er. Wir müssen uns einen besseren Platz suchen.

Der Junge setzte seine Ellenbogen ein und kämpfte sich weiter vorwärts, zur Mitte des Platzes. Julian und Kim, die nach wie vor Kija auf den Armen hatte, folgten ihm.

Leon blickte zur Seite. Dort war eine Statue, die einen Mann auf seinem Pferd zeigte. Die Statue stand auf einem Podest.

Unter Leons Führung schoben sich die Freunde in diese Richtung – und sie hatten Glück. Denn auf dem Podest, zu dem drei Stufen hinaufführten, war noch eine kleine Lücke!

Kurz darauf standen die Freunde tatsächlich auf dem kleinen Podest – zwischen den bronzenen Beinen des Pferdes und einem Obstverkäufer, in dessen Bauchladen Granatäpfel lagen.

„Besser geht's doch gar nicht!“, freute sich Leon. Von hier oben konnten sie das ganze Forum überblicken, auf dem Tausende von Pompejanern eng aneinandergedrängt standen. Es herrschte eine regelrechte Volksfeststimmung. Süßigkeitenverkäufer sowie fliegende Schmuck-, Wasser- und Weinhändler quetschten sich durch die Menge und boten ihre Waren an. Aber auch einen Jongleur und zwei Akrobaten entdeckte Leon.

Die Gefährten mussten höllisch aufpassen, dass sie ihren Logenplatz nicht verloren. Denn von unten drängten immer weitere Leute nach, die sie verscheuchen wollten.

„Platz da!“, herrschte eine dicke Frau mit rotem, schweißnassem Gesicht Kim an. „Hau ab mit deinem blöden Katzenvieh!“

„Blödes Katzenvieh?“, brauste Kim auf.

„Ganz ruhig, Kim“, versuchte Leon die Situation zu entspannen. Er wusste, was passieren würde, wenn Kim einen ihrer berühmt-berüchtigten Temperamentsausbrüche bekommen würde.

„Das ist kein blödes Vieh, sondern eine Katze, die zehnmal schlauer ist als du!“, schnauzte Kim die Frau an.

Die Dicke wurde noch röter. „Was hast du da gesagt?“, keifte sie und hob die Hand, um Kim eine Ohrfeige zu geben.

Da griff Kija ein. Sie fuhr ihre rasiermesserscharfen Krallen aus und verpasste der Frau einen Schlag auf den Unterarm.

„Aua!“, schrie die Dicke und starrte entgeistert auf die roten Striemen auf ihrer Haut.

„Nachschlag gefällig?“, fragte Kim lächelnd.

Die Frau wich zurück und floh geradezu die Stufen hinunter.

„Klappt doch“, kommentierte Kim.

„Hört nur die Trommeln!“, rief Leon in diesem Moment.

Dumpfe Paukenschläge dröhnten über das Forum. Dann waren Trompeten zu hören. Legionäre marschierten auf und drängten die Leute zurück. Allmählich entstand eine etwa zehn Meter breite Gasse in der Mitte des Platzes.

„Er kommt, er kommt!“, brüllte das Volk. Einige waren ganz aus dem Häuschen, bemerkte Leon. Sie schienen es gar nicht erwarten zu können, Sulla zu sehen. Andere dagegen wirkten eher reserviert, manche sogar abweisend.

Der Diktator hat nicht nur Freunde in Pompeji, dachte Leon einmal mehr. Er ließ den Blick über die Massen gleiten. War irgendwo ein Attentäter? Aber falls ja, wie sollten sie ihn zwischen all den Menschen ausfindig machen? Leon versetzte sich in den Täter. Wo würde er lauern?

Auf einem der Dächer!, durchfuhr es den Jungen. Er schaute zum Apollon-Tempel, zur Basilika und zur doppelstöckigen Portikus, die wie an den Vortagen wegen der Bauarbeiten teilweise verhängt war. Nichts, keine verdächtige Gestalt schien dort zu lauern.

Plötzlich brandete Jubel auf, und Leon starrte wieder zur südlichen Seite des Forums, wo der Diktator jeden Moment auftauchen musste.

Und dann kamen sie! Ein pompöser Zug marschierte auf das Forum. Links und rechts waren berittene Legionäre. Ihre goldfarbenen Helme blitzten, die roten Federbüschel darauf wippten. Vornweg schritten zwei Männer in weißen Tuniken. Als sie näher kamen, erkannte Leon, dass einer der beiden Maritimus war. Bestimmt war der andere der zweite Bürgermeister. Hinter den Duumviri schritten weitere Männer, die wichtige Mienen zur Schau trugen. Dann kamen die Musiker, denen sich etwa hundert Fußsoldaten anschlossen, die in Reih und Glied marschierten und von *Zenturionen* kommandiert wurden. Ihnen folgten vierundzwanzig Männer, die Rutenbündel und Äxte über den Schultern trugen.

„Was hat das zu bedeuten? Weißt du das, Julian?“, fragte Leon.

„Das sind Machtsymbole“, erwiderte sein Freund. „Das hat uns Tebelmann mal im Geschichtsunterricht verklickert.“

Dann war er endlich da – der Diktator! Sulla thronte auf einem Prunkwagen, einer *Quadriga*, die von vier Schimmeln gezogen und von einem Soldaten gelenkt

wurde. Der Diktator trug eine purpurfarbene Toga und eine aufwendig bestickte Tunika. In der rechten Hand hatte er einen Lorbeerzweig, in der linken einen langen Stab aus Elfenbein mit einem goldenen Adler an der Spitze. Unmittelbar hinter ihm stand ein Sklave, der dem Herrscher eine goldene Eichenlaubkrone über das Haupt hielt. Rechts und links von der Quadriga ritten die persönlichen Leibwächter des Diktators.

Der Jubel schwoll an, als die Quadriga etwa 30 Meter vor dem Kapitol zum Stehen kam.

Jetzt konnte Leon auch das Gesicht des Herrschers gut erkennen: Sulla hatte ein mächtiges, vorgeschobenes Kinn und eine kräftige Nase. Die Augen ruhten unter buschigen Augenbrauen. Der Diktator hatte die gefurchte Stirn eines ewigen Grüblers und lockige schwarze Haare. Er lächelte nicht, obwohl man ihm zujubelte.

Maritimus hob die Arme und sofort kehrte gespannte Stille ein. Der Bürgermeister räusperte sich, dann begrüßte er den hohen Gast unterwürfig. Er pries ihn als gottgleichen Mann, der Rom militärisch und politisch weiter nach vorn gebracht habe. „Ich freue mich, dass du hier bist, mein Gebieter!“, rief Maritimus Beifall heischend. „Und unsere ganze Stadt freut sich mit mir. Dir zu Ehren, edler Sulla, wollen wir drei Tage lang feiern und dich mit erlesenen Schauspielen verwöhnen! Sei unser Gast – in deiner Stadt!“

Elender Schleimer!, dachte Leon.

Jetzt gab der andere Bürgermeister ein Zeichen – und mit einem Mal erhoben sich aus vielen verborgenen Käfigen Hunderte von bunten Vögeln. Das Volk klatschte und rief Sullas Namen.

Von diesem Spektakel war auch Leon beeindruckt. Er beschattete die Augen mit der Hand und schaute den Vögeln hinterher. Dabei nahm er auf der gegenüberliegenden Portikus eine schnelle Bewegung wahr. Kauerte dort doch jemand? Leon schaute genauer hin. Ihm stockte der Atem. Hinter einem der fadenscheinigen Tücher zeichnete sich ein Schattenriss ab. Es war eine Gestalt, und diese Gestalt hatte einen Bogen in der Hand!

Jetzt entstand ein Spalt zwischen zwei der Tuchbahnen, und der vordere Teil eines Pfeils blitzte im Sonnenlicht. Die Spitze deutete leicht nach unten.

Der Attentäter zielt auf den Diktator!, begriff der Junge.

„Vorsicht!“, schrie Leon, aber in dem allgemeinen Jubel achtete niemand auf ihn – außer Kim und Julian.

„Was ist?“, fragte das Mädchen.

Leon deutete stumm zur Portikus.

„Oh nein!“, entfuhr es Julian.

Der Attentäter spannte den Bogen – und Leon ahnte, dass ihnen nur noch wenige Sekunden blieben. Kurzentschlossen schnappte er sich einen Granatapfel aus dem Bauchladen des Obstverkäufers neben ihm und schleuderte ihn auf Sulla. Zwar verfehlte Leon den Diktator, traf aber dafür die goldene Eichenlaubkrone.

Leon hörte den Sklaven aufschreien. Und dann geschahen zwei Dinge nahezu gleichzeitig: Sulla ließ sich instinktiv nach vorn fallen und nur Sekundenbruchteile später zischte ein Pfeil an der Stelle vorbei, wo der Diktator gerade noch gestanden hatte. Das Geschoss traf den Schild eines Leibwächters und blieb dort federnd stecken.

Augenblicklich brach ein riesiger Tumult aus. Die Leibwächter bildeten einen Schutzwall um den Herrscher, während die Menge in Panik auseinanderdrängte.

Leon schaute wieder zur Portikus. Ein Schatten rannte hinter den Tüchern entlang Richtung Süden.

„Wir müssen den Kerl schnappen!“, rief der Junge und fing an, sich mit Julian sowie Kim und Kija einen Weg durch die Massen zu bahnen.

Doch sie kamen nur ziemlich langsam voran. Als sie schließlich die Portikus erreichten, sahen sie nur noch, wie jemand von der ersten Etage hinuntersprang. Dabei verrutschte das Tuch, das die Gestalt um den Kopf trug – und Leon glaubte, seinen Augen nicht zu trauen: Der Fliehende hatte lange Haare! Dann war der Attentäter verschwunden.

„So ein Mist, jetzt ist der Kerl weg“, ärgerte sich Leon. „Habt ihr die langen Haare gesehen? Vielleicht war der Täter ja ein Germane oder Kelte. Die haben doch lange Haare ... und auf römische Herrscher sind sie in der Regel nicht besonders gut zu sprechen."

„Na ja", meinte Kim. „Oder es handelt sich bei dem Bogenschützen um eine Frau."

Leon stutzte. „Eine Frau?"

„Ja, warum denn nicht? Glaubst du etwa, dass eine Frau nicht mit Pfeil und Bogen umgehen kann?", fragte das Mädchen angriffslustig.

„Hört auf zu streiten!", rief Julian. „Schaut euch lieber mal das hier an." Er deutete auf einen Spruch, der an die Wand neben ihnen geschmiert worden war:

Agmen morte te claudit.

Das hieß übersetzt: *Dein Tod ist der letzte.*

Ein letztes Rätsel

Kommandos dröhnten über das Forum und lenkten die Freunde ab. Julian drehte sich neugierig um. Einige Leibwächter hatten die Schilde über ihre Köpfe gehoben und den Herrscher in die Mitte genommen. Andere der Elitesoldaten schützten Sulla mit ihren Schilden von den Seiten. Der Diktator befand sich jetzt in einer Art Panzer und wurde langsam vom Forum zur Basilika eskortiert.

Maritimus und der andere Bürgermeister sprangen wichtigtuerisch um die Eskorte herum. Offenbar versuchten sie zu retten, was zu retten war. Julian ahnte, was den beiden Duumviri drohte. Sulla würde sie für das Attentat verantwortlich machen …

Währenddessen zerstreute sich die Menge. An ein Fest war vorerst nicht zu denken. Doch die meisten kamen nicht weit. Jeder, der das Forum verlassen wollte, wurde von Legionären auf Waffen durchsucht.

„Das bringt doch nichts“, sagte Julian leise zu seinen Freunden. „Der Täter ist längst über alle Berge.“

Als die Gefährten vor einem der Legionäre standen,

wollten sie ihm von ihren Beobachtungen erzählen. Doch der Soldat, ein junger, überaus nervöser Mann, ließ sie erst gar nicht zu Wort kommen. „Geht weiter, ihr haltet nur alles auf. Verschwindet!“, raunzte er die Freunde an.

„Dann eben nicht“, grummelte Julian und beschloss, den Fall irgendwie allein zu knacken. Zu blöd, dass dem Attentäter die Flucht geglückt war!

„Lasst uns zu Titus gehen“, schlug Julian vor. „Dort können wir dann in Ruhe die nächsten Schritte beratschlagen.“

Wenig später saßen sie im kleinen Hof vor ihrer Unterkunft. Weder Manius noch Sabina oder einer der anderen Arbeiter war zu sehen.

Kija stolzierte von einem zu anderen und gab Köpfchen.

„Ich glaube, sie will spielen“, meinte Kim.

„Warum nicht – wo ist unser Ball?“, fragte Leon.

Kim fand ihn schließlich in einer Ecke des Hofes und warf ihn der Katze zu. Auch Leon beteiligte sich an dem Spiel.

Doch Julian grübelte lieber vor sich hin. Wieder ein Anschlag, wieder ein rätselhafter Spruch. Gehörte Manius zu den Tätern, und wer war der Unbekannte mit den langen Haaren?

Gedankenverloren schaute Julian seinen Freunden beim Spielen zu. Spielen …, dachte er unvermittelt.

War der Fall vielleicht auch eine Art Spiel, ein Rätselspiel?

Plötzlich wurde dem Jungen abwechselnd heiß und kalt. Hatte die Lösung des Falls vielleicht etwas mit den rätselhaften Botschaften zu tun, die an die Mauern geschmiert worden waren?

Um die Nuss zu knacken, brauchte Julian etwas zum Schreiben. Er fand ein Stöckchen und begann, die Namen der sechs Männer, denen die Anschläge gegolten hatten, von oben nach unten in den staubigen Boden zu schreiben: der Stoffhändler Titus, der Offizier Gaius, der Wirt Spurius, der Bürgermeister Maritimus, der Weinhändler Vibius und schließlich der Diktator Sulla. Dann rief sich der Junge die Warnungen ins Gedächtnis, die zum jeweiligen Opfer gehörten, und notierte auch diese untereinander. Sechs Namen, sechs mysteriöse Botschaften – und *ein* großes Rätsel. Hinter Julians Stirn arbeitete es. Eine innere Stimme sagte ihm, dass er auf der richtigen Spur war. Noch einmal konzentrierte er sich auf die Drohungen:

Sempiternas foedissimae turpitudinis notas subitis.
Ad colloquium cum hoste te numquam congrediaris.
Bona opinata contemnimus.
In criminis contra rem nostram loco ponimus mores tuas.
Nescimus an tu Pompejos amas.
Agmen morte te claudit.

Wieder und wieder las er die Sätze – und plötzlich hellte sich seine Miene auf. „Ich … ich hab's!“, stammelte er.

Leon und Kim unterbrachen das Spiel mit der Katze und kamen zu ihm.

„Schieß los!“, drängte Kim.

„Der Täter hat eine Botschaft hinterlassen“, rief Julian. Seine Wangen glühten.

„Das wissen wir doch“, sagte Leon wenig beeindruckt.

„Nein, es ist anders, als ihr denkt“, erwiderte Julian. „Schaut euch mal die Anfangsbuchstaben der Warnungen an: S, A, B, I, N, A! Sabina!“

Leons Augen wurden groß. „Du meinst, dass sie hinter den Anschlägen steckt?“

„Ja, das könnte wirklich sein“, meinte Kim. „Schließlich hatte der Attentäter von vorhin lange Haare. Also war es eine Attentäterin – nämlich Sabina!“

Julian nickte heftig. „Genau, und bedenkt auch, dass Sabina Rätsel liebt. Wahrscheinlich wollte sie ihren Feinden ein besonders schweres Rätsel aufgeben und rechnet nicht damit, dass ihr jemand auf die Schliche kommt!“

Kim klopfte ihm auf die Schulter. „Aber dir ist es geglückt. Hut ab!“

Doch Leon war noch nicht ganz überzeugt. „Und wenn das Ganze einfach ein Zufall ist?“

Julian schüttelte energisch den Kopf. „Das kann ich mir beim besten Willen nicht vorstellen."

„Lasst uns Sabina ein wenig auf den Zahn fühlen", schlug Kim vor. „Wo könnte sie stecken?"

Die Freunde verließen den Hof und fragten einen Sklaven, der noch im Haus war. Doch der Mann wusste es nicht.

Unschlüssig traten die Freunde auf die Via della Fortuna. Da kam ihnen Manius entgegen.

Julians Nackenhaare stellten sich auf. Er hatte vergessen, sein Gekritzel im Sand zu verwischen – was wäre, wenn auch Manius zu den Tätern gehörte und die Sätze entdeckte?

„Jemand hat versucht, Sulla zu töten", sagte Manius zur Begrüßung. „Ist das nicht irre?"

„Irre? Na, ich weiß nicht", antwortete Julian und fragte mit wenig Hoffnung: „Hast du zufällig Sabina gesehen?"

„Ja, sie ist bei Spurius."

„Im Wirtshaus?"

Manius zuckte mit den Schultern. „Ich habe sie zumindest gerade dort reingehen sehen. Ob sie jetzt noch da ist, weiß ich natürlich nicht."

Julian schaute kurz zu seinen Freunden. Mehr war nicht nötig. Schon rannten die Gefährten los. Kija flitzte neben ihnen her.

Außer Atem erreichten sie kurz darauf das Wirtshaus beim Forum.

Überrascht stellte Julian fest, dass die Tür verschlossen war. „Gerade an so einem Tag müsste Spurius doch aufhaben. Die Stadt platzt aus allen Nähten, er würde sicher gute Geschäfte machen."

„Und Sabina ist wohl auch nicht da." Leon seufzte.

Doch da meldete sich Kija mit einem ihrer unnachahmlichen Maunzer.

Julian sah, wie sie zum angrenzenden kleinen Stall huschte, wo Spurius' Gäste ihre Pferde versorgen lassen konnten.

Die Freunde folgten der Katze und kamen an zwei Stuten vorbei. An der Rückseite des Stalls war eine Tür, und genau dort hockte die Katze und miaute ungeduldig.

Julian verstand. Er zog die Tür vorsichtig einen Spalt auf und blickte in den Innenhof, in dem sich auch der Brunnen befand, an dem er das Säckchen gefunden hatte.

Zwei Personen saßen Händchen haltend auf einer der beiden Bänke und unterhielten sich. Und obwohl sie Julian den Rücken zukehrten, erkannte er, dass es sich um Sabina und Spurius handelte. Neben Spurius lag griffbereit ein Schwert.

Waren die beiden etwa ein Paar?, grübelte Julian und sperrte die Lauscher auf.

„… habe auch keine Ahnung, wer es war“, zischte Sabina gerade wütend.

„Wenn ich diesen Verräter in die Finger kriege, wird er beten, niemals gelebt zu haben!“, kündigte der Wirt an. „Aber das nützt uns jetzt nichts – wir müssen fliehen.“

„Ja, Sullas Soldaten werden gleich hier sein“, sagte Sabina.

Julians Gedanken überschlugen sich. Offenbar steckten Sabina und Spurius unter einer Decke – beide schienen zu den Attentätern zu gehören. Bei Spurius wollte ihm das jedoch nicht in den Kopf gehen. Schließlich war auch auf ihn ein Anschlag verübt worden! Oder war das alles nur eine Show gewesen? Gleich wie, offenbar waren Sabina und Spurius von jemandem verraten worden!

„Komm schon, wir dürfen keine Zeit verlieren!“, Sabina sprang auf, drehte sich abrupt um – und entdeckte Julian!

Der Junge wollte zusammen mit seinen Freunden fliehen. Doch da tauchte ein weiterer Mann mit einem Schwert auf, ein kräftiger Hüne mit lockigen Haaren. Es war der Mann, der in den Thermen versucht hatte, Maritimus zu töten! Er trieb die Gefährten in den Hof.

„Was wollt ihr denn hier?“, fragte Sabina. Ihre Stimme hatte einen schrillen Klang. „Habt ihr uns etwa belauscht?“

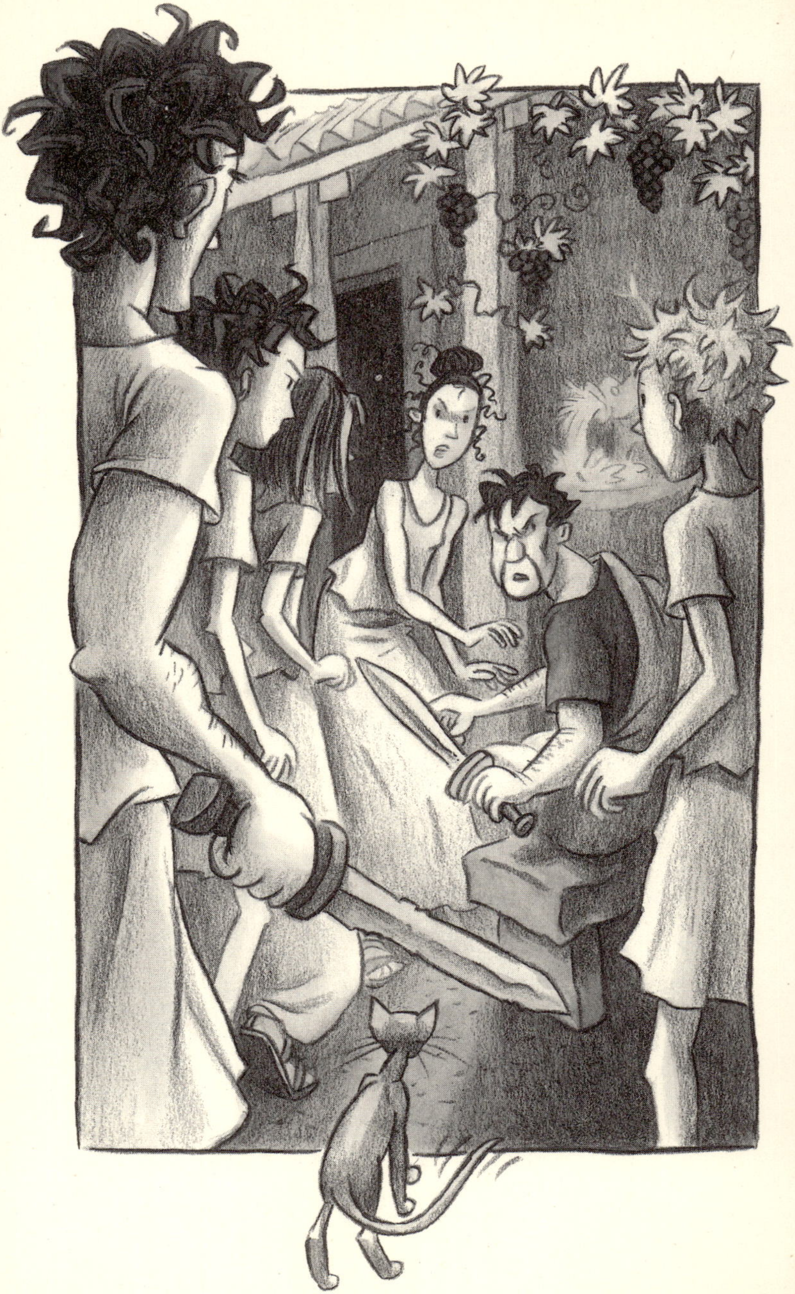

Als Julian schwieg, sagte der Mann mit den lockigen Haaren: „Das sah ganz so aus. Diese Krümel halten sich wohl für besonders schlau." Er lachte.

Mit Entsetzen sah Julian, wie Spurius zu seinem Schwert griff. „Tut mir leid", sagte er tonlos und hob die Waffe. „Für euch …"

Die Freunde wichen zurück.

„Nein, warte", stoppte Sabina den Wirt. „Sie sind …"

„Etwa deine Freunde?", rief Spurius empört. „Die drei haben uns bespitzelt."

„Nein", erwiderte Julian. Er wollte die drei in ein Gespräch verwickeln, um Zeit zu gewinnen. Denn vielleicht kamen ja wirklich gleich Sullas Soldaten. „Wir haben das Rätsel geknackt, das Rätsel mit den Anfangsbuchstaben der Botschaften – sie ergeben deinen Namen, Sabina. Und wir wissen, wie sehr du Rätsel magst …"

Sabina hob die Augenbrauen. „Nicht schlecht, das muss ich euch lassen. Ich hätte nicht geglaubt, dass jemand dieses hübsche Rätsel lösen kann."

„Also gibst du es zu", sagte Julian.

Sabina warf einen kurzen Blick zu Spurius.

„Nur zu, die Kleinen werden nicht mehr die Gelegenheit haben, uns bei Sulla anzuschwärzen!", knurrte Spurius.

Sabina nickte. „Ja, wir waren es. Aber diese Leute haben es nicht anders verdient. Unsere Anschläge galten ganz gezielt bestimmten Personen, die mit Sulla zusammenarbeiten, also sich mit ihm und den zweitausend Römern, die Sulla in unserer Stadt angesiedelt hat, gutgestellt haben“, sagte sie. „Denn nach der Niederlage Pompejis gegen Rom unter Sulla wurden ja viele aus der alten Führungselite in Pompeji enteignet oder abgelöst. Auch meine Eltern wurden enteignet und aus der Stadt gejagt.

Doch einige Pompejaner durften ihre Reichtümer behalten – Männer wie Titus oder Vibius etwa. Andere wurden auf Posten gehievt, auf denen sie nichts verloren haben: Gaius und Maritimus zum Beispiel. Sie alle haben eins gemeinsam: Sie arbeiten mit Sulla und den anderen römischen Feinden zusammen, sie haben Pompeji verraten! Und das nur, um Macht und Geld zu haben!

Aber wir, wir wollen frei sein, beim Jupiter, wir hassen Rom, wir hassen Sulla und alle, die vor ihm kuschen. Ich habe bei Titus gearbeitet, um diesem Mistkerl nahe zu sein, seine Schritte zu kennen und den Anschlag auf ihn gut planen zu können!“

Nun stellte Kim eine Frage: „Was ist mit Manius, gehört er auch zu eurer Verschwörergruppe?“

Sabina lachte. „Aber nein, Manius ist vollkommen harmlos.“

„Du hast versucht, Sulla mit einem Pfeil zu töten, nicht wahr?“, sagte Julian.

„Ja, ich hatte mich hinter einem Tuch auf der Portikus versteckt“, gestand Sabina.

Julian nickte. „Aber was hat es mit dem Anschlag auf dich, Spurius, auf sich – war das nur ein Scheinangriff?“

„Ihr seid wirklich reichlich schlau. Schade um euch“, sagte der Wirt. „Denn ihr habt Recht: Es war eine Finte. So wollte ich jeden Verdacht von mir lenken. Schließlich war ich es, der Gaius das Gift verabreichte. Leider war die Dosis wohl zu gering … Und dummerweise überraschte mich einer meiner Kellner, als ich das Gift in den Becher kippte. So musste ich das Säckchen fallen lassen und schob es rasch unter die Bank. Und dort hast du es dann gefunden …“

Also doch! In dem Säckchen war kein Mehl, sondern wirklich Gift gewesen!, dachte Julian.

„Genug geschwätzt, wir müssen endlich los“, drängte der Wirt nun.

Plötzlich war ein nervöses Wiehern zu hören.

Der Große mit dem Lockenkopf sprang zur Stalltür und streckte die Hand nach dem Griff aus.

Doch in dieser Sekunde flog die Tür auf und ein Zenturio mit gezücktem Schwert stürmte herein. Hinter ihm drängten weitere Legionäre nach.

Der Lockige warf sich ihnen entgegen. Schwerter klirrten gegeneinander, Schreie ertönten.

„Lauft weg!", brüllte der Große Sabina und Spurius zu, die wie gelähmt dastanden.

Jetzt kam Bewegung in die beiden. Sie stürmten ins Gasthaus, während ihr Komplize die Soldaten aufhielt.

Wir sind gerettet!, freute sich Julian insgeheim, während er sich in Richtung Gasthaus zurückzog, um keinen Schwerthieb abzubekommen.

Doch er freute sich zu früh.

„Und nun zu euch", blaffte der Zenturio die Freunde an, nachdem seine Männer den Verschwörer überwältigt hatten. „Wer weiß, ob ihr nicht auch zu den Tätern gehört!"

„Wir – nie im Leben!", rief Julian, drehte sich blitzschnell um und rannte ebenfalls ins Lokal. Kim, Leon und Kija folgten ihm.

„Schnappt sie euch!", ertönte das gebellte Kommando des Zenturios.

Der Vorsprung der Freunde war winzig. Es würde vermutlich nicht lange dauern, bis die Legionäre sie eingeholt hatten.

Etwas rauschte dicht an Julians Kopf vorbei und krachte ins Holz der Tür: ein Speer! Voller Panik riss Julian den Riegel der Tür hoch und rannte mit seinen Freunden auf die Straße.

„Wir trennen uns und treffen uns an der Porta del Vesuvio!“, rief er den anderen zu.

Die Gefährten legten einen rekordverdächtigen Sprint bis zur nächsten Kreuzung hin. Dort flitzte Julian geradeaus, Leon hielt sich links und Kim und Kija sausten nach rechts.

„Lasst sie nicht entkommen!“, hörte Julian einen der Legionäre brüllen. „Äh, ihr zwei folgt dem Mädchen, ihr zwei dem einen Jungen und ich werde …“

Mehr hörte Julian schon nicht mehr. Die Befehle gingen im Straßenlärm unter.

Beim Rennen warf er einen Blick zurück. Sein Vorsprung auf die Soldaten hatte sich deutlich vergrößert. Aber ging es Leon, Kim und Kija ebenso?

Der Junge hetzte weiter und gelangte schließlich auf die Via di Stabia. Er lief in Richtung des Stadttors und schaute erneut über die Schulter. Keine Soldaten! Julian hatte sie abgehängt. Erleichtert verlangsamte er seine Schritte.

Da klopfte ihm jemand auf die Schulter – und Julian erstarrte.

Aber es war nur Leon.

„Warum so schreckhaft?“, rief er lachend.

„Sehr komisch“, erwiderte Julian. „Der Witz war so gut, dass er von Manius hätte sein können. He, sieh mal, da kommen ja auch Kim und Kija!“

Sie liefen gemeinsam zu dem mächtigen Stadttor.

„Ich fürchte, wir haben überhaupt keine Zeit, uns von dieser schönen Stadt zu verabschieden“, sagte Leon.

„Ja, sieht ganz so aus“, stimmte Kim ihm zu. „Die Legionäre können jeden Moment aufkreuzen.“

Julian seufzte und schaute ein letztes Mal auf den majestätischen Vesuv. „Auf Wiedersehen …“, sagte er leise.

Und dann gingen die Freunde auf das Stadttor zu – und nichts hielt sie auf, kein Stein und kein Mörtel.

Tempus holte sie heim nach Siebenthann.

Im Bad

Wochenende! Julian verstaute den Rucksack auf dem Gepäckträger seines Fahrrades und strampelte zum Freibad von Siebenthann. Es war längst nicht mehr so warm wie vor einer Woche, aber immerhin schien die Sonne.

Kim, Leon und Kija hatten sich schon ein Plätzchen auf der Liegewiese ausgesucht, stellte der Junge fest, als er sich suchend umschaute. Julian lief zu ihnen, breitete sein Handtuch aus, zog sich um und legte sich neben seine Freunde.

„Bisschen frisch heute“, meinte Kim nach der Begrüßung.

„Mag ja sein, aber in drei Wochen schließt das Bad. Das müssen wir noch ausnutzen!“, erwiderte Julian. „Lasst uns eine Runde schwimmen, dann wird uns warm.“

„Bin dabei!“, rief Leon und sprang auf.

Gemeinsam liefen sie zum Becken mit der Rutsche. Kija blieb zurück und kuschelte sich in Julians Handtuch.

Das Wasser war wirklich ziemlich kühl, musste Julian zugeben, als er den großen Zeh hineinhielt.

Da erhielt einen leichten Schubser, der jedoch ausreichte, um ihn ganz ins Wasser zu befördern.

„Eins zu null für mich!“, rief Leon lachend.

„Das bekommst du zurück!“, kündigte Julian an, lachte aber ebenfalls.

Sie schwammen mehrere Bahnen, und allmählich wurde Julian warm. Schließlich machten sie eine kurze Pause und hängten sich an den Beckenrand.

„Irgendwie erinnert mich das ein wenig an die Stabianer Thermen“, sagte Leon.

Julian nickte. Es war faszinierend gewesen, das Bad zu besuchen, aber auch reichlich gefährlich. Mit Grausen dachte er an den Überfall auf Maritimus zurück …

„Was wohl aus Sabina und Spurius geworden ist?“, fragte Kim in diesem Moment. „Ob sie aus Pompeji fliehen konnten?“

Julian hob die Schultern. „Gut möglich. Sabina hat auf mich immer sehr clever gewirkt.“ Er zögerte, dann ergänzte er: „Sulla starb übrigens zwei Jahre später, im Jahr 78 vor Christus.“

Kim sah ihn mit großen Augen an: „Fiel er etwa einem Attentat zum Opfer?“

„Nein, er starb an einem Blutsturz, habe ich gelesen.“

Leon schüttelte sich. „Klingt alles ziemlich gruselig. Außerdem ist mir kalt. Die Römer hatten wirklich schickere Bäder als wir heute. In den Thermen könnten wir jetzt ins Tepidarium gehen. Oder, noch besser, ins Laconium!"

„Oh ja, dort wäre es jetzt richtig schön heiß!", rief Kim. „Da bekomme ich richtig Lust, unserem Zeit-Raum einen kleinen Besuch abzustatten, um noch mal in diese Stadt zu reisen!"

Julian lachte. „Schon wieder? Nein, lass uns lieber noch ein wenig warten, bis wir einer neuen spannenden Sache auf die Spur kommen!"

Pompeji, die Stadt im Schatten des Vulkans

Pompeji wurde bereits im 7. Jahrhundert vor Christus gegründet, vermutlich vom Stamm der *Osker*. Der Name Pompeji leitet sich wahrscheinlich vom oskischen Zahlwort pompe (= fünf) ab. Die Stadt lag ideal – der Fluss *Sarno* war in unmittelbarer Nähe, außerdem waren die Böden wegen des nahen Vulkans sehr fruchtbar. Vor allem der Wein gedieh prächtig.

Im Laufe der Jahrhunderte wurde Pompeji von den *Etruskern* besiedelt und stand auch stark unter griechischem Einfluss, was den Bau des Apollon-Tempels erklärt.

Ab dem späten 5. Jahrhundert vor Christus herrschten die *Samniten* in Pompeji. Im Jahr 310 konnte die Stadt einen Angriff römischer Soldaten noch abwehren, doch 290 vor Christus musste sich Pompeji dem römischen Bündnissystem anschließen.

Während des Bundesgenossenkrieges stand Pompeji aufseiten der Gegner Roms. Sulla belagerte die Stadt 89 vor Christus. Spuren von Artillerie-Geschossen sind noch heute zu sehen. Pompeji unterlag schließlich den

Römern und wurde Anfang 80 vor Christus zur römischen Kolonie. Die Stadt hieß nun Colonia Veneria Cornelia Pompeianorum.

Sulla siedelte rund zweitausend römische Bürger in Pompeji an und besetzte mit einigen von ihnen wichtige Ämter. Die frühere Führungselite Pompejis wurde tatsächlich – wie in diesem Buch geschildert – von Sulla weitgehend ausgeschaltet. Als gesichert gilt zudem, dass es Konflikte zwischen den neuen Bürgern aus Rom und der alteingesessenen Oberschicht gab. Die Verschwörung rund um Sabina und Spurius entspringt aber der Fantasie des Autors.

Am 5. Februar 62 nach Christus gab es ein schweres Erdbeben, das durch vulkanische Aktivitäten des Vesuvs ausgelöst wurde. Es richtete erhebliche Schäden in Pompeji an und lockerte vermutlich den gewaltigen „Pfropfen“ im Schlot des Vulkans.

Am 24. August 79 wurde der Druck im Inneren des Vesuvs so stark, dass der „Pfropfen“ zertrümmert und explosionsartig aus dem Schlot geschleudert wurde. In rasender Geschwindigkeit folgten gewaltige Mengen an Bimsstein und Asche. Der Bimsstein brachte zahllose Dächer zum Einsturz, blockierte die Türen und schloss viele Bewohner der Stadt ein. Jedoch hatten viele der damals rund zehntausend Einwohner die Stadt bereits verlassen, weil es Anzeichen für einen bevorstehenden Ausbruch gegeben hatte. Größere Steinbrocken erschlugen viele der in Pompeji zurückgebliebenen Bewohner. Andere erstickten an den Orten, an denen sie Schutz gesucht hatten, oder verbrannten in den Glutlawinen, die von den Hängen des Vesuvs mit enormer Geschwindigkeit (bis zu 400 Stundenkilometer) in die Stadt schossen.

In diesen *pyroklastischen Strömen* herrschten Temperaturen von bis zu 800 Grad. Pyroklastische Ströme pulverisieren alles, was sich ihnen „in den Weg" stellt. Menschen sterben innerhalb von Sekundenbruchteilen, Gebäude explodieren oder werden einfach weggeschleudert.

Pompeji versank unter einer 25 Meter dicken Schicht aus Vulkanasche und Bimsstein – ebenso die benachbarten Städte Stabiae und Herculaneum.

Erst im Jahr 1592 wurden bei Kanalarbeiten Hinweise auf Pompeji entdeckt (Münzen und Inschriften). Doch damals interessierte sich niemand dafür.

Ab Mitte des 18. Jahrhunderts gab es die ersten Ausgrabungen – jedoch waren diese noch sehr planlos. Die Ausgräber der damaligen Zeit wollten vor allem wertvolle Dinge finden, es ging ihnen nicht darum, die Stadt behutsam auszugraben oder zu rekonstruieren.

Erst in der zweiten Hälfte des 19. Jahrhunderts wurden die Grabungstechniken verfeinert – in Pompeji hatten jetzt Archäologen das Sagen und nicht Schatzjäger. Die Arbeit wurde immer wissenschaftlicher. So fertigte man nun erstmals auch Gipsabgüsse der Toten an. Stück für Stück wurde die Stadt freigelegt – aber auch den Archäologen dieser Zeit unterliefen Fehler. Um den Besuchern eine gute „Show“ zu bieten, wurden Springbrunnen, Wasser- und Stromleitungen gebaut und Lorbeerbäume gepflanzt, deren Wurzeln in den folgenden Jahren große Schäden an der historischen Bausubstanz anrichteten.

Weitere Schäden wurden im Zweiten Weltkrieg (September 1943) angerichtet, als alliierte Piloten Pompeji bombardierten. Am 23. November 1980 erschütterte ein neues Erdbeben die Region, und wieder gab es große Schäden in Pompeji.

Trotz dieser Rückschläge gingen die archäologischen Arbeiten weiter. Inzwischen sind knapp 70 Prozent der Stadt freigelegt. Weitere Ausgrabungen sind derzeit jedoch nicht vorgesehen. Die Archäologen konzentrieren sich darauf, das bereits Gefundene zu katalogisieren und vor dem Verfall zu bewahren.

Glossar

Aesculapius römischer Gott der Heilkunst

Amphore großes Tongefäß zum Lagern von Wein oder Öl

Apodyterium Umkleideraum in einer Therme

Artillerie hier: Einheit, die mit Wurfmaschinen (zum Beispiel mit großen Katapulten) angreift

Atrium offener Innenraum eines Hauses, von dem man verschiedene Zimmer betreten kann

Ave lateinisch: Sei(d) gegrüßt!

Basilika prächtiges Gebäude mit oft mehreren Funktionen: Hier wurden Urteile gefällt, aber auch Geschäfte abgeschlossen.

Baumpieper etwa 15 Zentimeter große Vogelart

Bundesgenossenkriege Zwischen 91 und 88 v. Chr. kämpften italische Stämme gegen Rom, um das von Rom verweigerte vollständige römische Bürgerrecht (unter anderem Wahlrecht) zu erlangen. Die Römer gaben schließlich nach.

Caldarium Raum in einer Therme, in dem etwa 50 Grad herrschten

Coactiliarii Filzer in der antiken Römerzeit. Filz wurde bereits 8000 v. Chr. aus Tierhaaren hergestellt.

Cubicula Nebenzimmer (oft Schlafräume) in einem römischen Haus (Einzahl: Cubiculum)

Diktator ein mit viel Macht ausgestattetes politisches Amt in der Römischen Republik. Der Diktator war allen anderen Entscheidungsträgern übergeordnet und konnte für seine Taten während seiner Amtszeit nicht zur Rechenschaft gezogen werden.

Duumviri (übersetzt = Zwei-Männer-Amt) eine Art Bürgermeister im antiken Rom. Es gab immer zwei Duumviri, die jeweils für nur ein Jahr gewählt wurden. Die Einzahl heißt Duumvir.

Etrusker Volk, das zwischen 800 und 100 v. Chr. in Mittelitalien lebte und nach der Eroberung durch die Römer in diesem Volk aufging

Exedra nischenartiger Raum, oft für Schauzwecke genutzt

Faun in der römischen Antike Gott der freien Natur, der Beschützer der Bauern und Hirten, ihres Viehs und ihrer Äcker

Forum politisches, religiöses, juristisches und oft auch wirtschaftliches Zentrum einer antiken römischen Stadt. Das Forum von Pompeji war 38 Meter breit und 142 Meter lang und für den Wagenverkehr gesperrt.

Fries schmaler Streifen aus Stein oder Holz, der zur Gliederung oder Dekoration von Teilen eines Bauwerks dient

Frigidarium Kaltbad in einer Therme

Fulla/Fullo/Fullones Tuchwalkerin (Tuchwalker = Fullo); eine Fulla war eine Frau, die im antiken Rom Wäsche säuberte. Die Römer kannten noch keine Seife – daher benutzten sie Urin als Reinigungsstoff, weil dessen Ammoniakgehalt auch den hartnäckigsten Schmutz beseitigt. Die Mehrzahl von Fulla oder Fullo heißt Fullones.

Garum salzige, nach Fisch schmeckende Soße

Gerres kleine, in Salz eingelegte Fische

Gladiatoren Berufskämpfer oder Sklaven, die in der Arena gegeneinander antraten bzw. antreten mussten. Gladiatorenkämpfe gab es von 264 v. Chr. bis Anfang des 5. Jahrhunderts n. Chr.

Gladius römisches Kurzschwert mit einer etwa 50 Zentimeter langen und acht Zentimeter breiten Klinge aus Eisen

Haus des Fauns das größte Haus Pompejis verfügte über 3000 Quadratmeter Fläche

Herculaneum antike Stadt am Golf von Neapel, um 300 v. Chr. gegründet, zusammen mit Pompeji am 24.8.79 n. Chr. durch den Ausbruch des Vesuvs zerstört. Heute heißt die Stadt Ercolano und hat rund 55 000 Einwohner.

Hypocaustum Fußbodenheizung im antiken Rom: Im Keller einer Therme wurde Luft erhitzt und diese heiße Luft dann in Hohlräume unter den Böden, Sitzgelegenheiten oder hinter den Wänden geleitet.

Juno römische Göttin der Geburt und der Heirat; Gattin Jupiters und somit die Königin unter den Göttinnen

Jupiter wichtigster Gott der Römer, Göttervater und Gott der Lüfte, der Blitze und des Donners

Kapitell oberer Abschluss einer Säule

Kapitol kultischer Bereich einer römischen Stadt, zumeist mit einem Tempel für den höchsten Gott Jupiter, aber auch für Juno und Minerva

Kolonie (römische) Um ein erobertes Gebiet dauerhaft kontrollieren zu können, gründeten die Römer dort Kolonien. Die Bürger dieser Kolonien erwarben in der Regel das römische Bürgerrecht. In der Neuzeit versteht man unter Kolonie das auswärtige, wirtschaftlich und politisch abhängige Gebiet eines Staates.

Laconium der heißeste Raum in einer Therme; dort herrschten Temperaturen wie in einer heutigen Sauna

Legat hoher Offizier, der eine oder mehrere Legionen befehligte, oder Statthalter des Diktators in einer Provinz

Legionär Soldat einer römischen Legion. Eine Legion bestand aus 4000 bis 6000 Soldaten.

Lisene leicht hervorstehende Mauerblende; sie dient zur optischen Gliederung einer Wand

Londinium das heutige London

Lugdunum das heutige Lyon in Frankreich

Lyra gitarrenähnliches Instrument mit sieben Saiten

Macellum Markt, vornehmlich für Fleisch und Fisch

Mars römischer Kriegsgott

Merkur römischer Gott des Handels, mit Flügeln an Schuhen und Hut dargestellt

Metronom mechanisches oder elektronisches Gerät, das einen Takt vorgibt

Minerva römische Göttin der Weisheit, Hüterin des Wissens, Beschützerin der Handwerker

Neapel mit rund einer Million Einwohnern die drittgrößte Stadt Italiens; um 750 v. Chr. gegründet. Der Name Neapel stammt vom griechischen „nea polis“ = neue Stadt ab.

Osker altitalisches Volk

Palla eine Art Mantel aus einem rechteckigen Stück Stoff, das über eine Schulter und den Rücken drapiert wurde. Ein Zipfel der Palla konnte wie eine Kapuze um den Kopf gelegt werden.

Papyrus antikes „Papier“, das aus den Stängeln einer Wasserpflanze, der Papyrusstaude, hergestellt wurde

Peristyl von einem Säulengang umgebene Fläche

Pilum Speer der römischen Legionäre

Pompeji antike Stadt am Golf von Neapel; wurde

zusammen mit Herculaneum am 24.8.79 n.Chr. durch den Ausbruch des Vesuvs zerstört

Porta del Vesuvio Stadttor im Norden Pompejis; von hier schaut man direkt auf den Vulkan

Porta Marina Stadttor im Westen Pompejis; dort war einst der Hafen der Stadt

Portikus (die Portikus) Säulengang oder Säulenhalle

Pyroklastischer Strom von griechisch „pyr“ (= Feuer) und „klastos“ (= zerbrochen); eine Glutwolke, die bei einem Vulkanausbruch auftreten kann und sich mit enormer Geschwindigkeit hangabwärts bewegt

Quadriga zweirädriger Streitwagen, der von vier Pferden gezogen wurde

Salve! Sei(d) gegrüßt

Samniten altitalischer Volksstamm aus der Bergregion Samnium

Sarno 30 Kilometer langer Fluss in der italienischen Region Kampanien

Sesterz römische Silbermünze

Stabianer Thermen älteste Thermen in Pompeji, bereits im 5. oder 6. Jahrhundert v. Chr. errichtet

Stola langes Überkleid, das nur verheiratete Frauen tragen durften

Strigilis gebogener Hautschaber aus Metall

Suggestum Rednerbühne auf dem Forum einer antiken römischen Stadt, auf der Politiker für sich und ihr Programm warben

Sulla eigentlich: Lucius Cornelius Sulla Felix; der römische Feldherr und Diktator lebte von etwa 138 oder 134 bis 78 v. Chr.

Taberna (Mehrzahl: Tabernae) Geschäft oder Werkstatt im antiken Rom

Tablinum Arbeitszimmer in einem römischen Haus

Tepidarium Raum in einer Therme, in dem Temperaturen um 40 Grad herrschten

Thermopolium Imbissstand in der römischen Antike

Therme öffentliches Bad im römischen Reich

Tibia Doppelflöte mit einem gemeinsamen Mundstück, die wie eine Oboe klang

Tinctores Färber in der antiken Römerzeit

Toga wertvolles und bis zu sechs Meter langes Kleidungsstück eines römischen Bürgers

Travertin heller Kalkstein mit zumeist leicht gelber oder bräunlicher Färbung

Triclinium Speisezimmer in einem römischen Haus

Tunika ärmelloses Kleidungsstück, gefertigt aus zwei rechteckigen Stoffstücken, die an den Seiten und an der Schulter zusammengenäht wurden

Tympanon Schmuckfläche im Giebeldreieck eines Bauwerks

Venus römische Göttin der Liebe und der Schönheit

Vesuv heute 1281 Meter hoher, aktiver Vulkan bei Neapel. Bei seinem verheerenden Ausbruch am

24. 8. 79 n. Chr. war der Berg über 2000 Meter hoch, jedoch wurde seine Spitze beim Ausbruch weggesprengt.

Via dell'Abbondanza Hauptstraße in Pompeji, übersetzt: Straße des Überflusses

Via della Fortuna Hauptstraße in Pompeji, übersetzt: Straße des Glücks

Via di Stabia Hauptverkehrsachse in Pompeji, benannt nach der Stadt Stabiae, die etwa fünf Kilometer entfernt von Pompeji lag und ebenfalls beim Vulkanausbruch zerstört wurde

Vico del Lupanare Weg in Pompeji

Vulcanus römischer Gott der Vulkane, des Feuers und der Schmiedekunst

Zenturio römischer Offizier, der eine Gruppe von 80 bis 100 Legionären befehligte

In diesem Band sind wir nach Pompeji gereist, weil wir uns diese interessante Stadt vor dem verheerenden Ausbruch des Vesuvs anschauen wollten. Falls ihr Lust habt, mehr über diesen heute noch aktiven Vulkan zu erfahren, dann gebt einfach den Code, der hinter der richtigen Antwort auf meine Spezialfrage steht auf

www.zeitdetektive.de

ein und schon seid ihr noch ein bisschen klüger!

Kijas Spezialfrage:

Wie hoch war der Vesuv vor seinem Ausbruch?

- **Über 4000 Meter 94q034**
- **Über 3000 Meter 78t534**
- **Über 2000 Meter 21h354**

Kleiner Tipp:
Das Glossar in diesem Buch ist sehr hilfreich!

Eure Kija

HC_12_023

Ravensburger Bücher

Die Zeitdetektive

Spannende Reisen durch die Zeit

Diese Abenteuer der Zeitdetektive sind bereits erschienen:

Habe ich			ISBN 978-3-473-
○	Band 1	Verschwörung in der Totenstadt	34518-2
○	Band 2	Der rote Rächer	34519-9
○	Band 3	Das Grab des Dschingis Khan	34520-5
○	Band 4	Das Teufelskraut	34521-2
○	Band 5	Geheimnis um Tutanchamun	34522-9
○	Band 6	Die Brandstifter von Rom	34523-6
○	Band 7	Der Schatz der Wikinger	34524-3
○	Band 8	Das Rätsel des Orakels	34525-0
○	Band 9	Das Silber der Kreuzritter	34526-7
○	Band 10	Falsches Spiel in Olympia	34527-4
○	Band 11	Marco Polo und der Geheimbund	34528-1
○	Band 12	Montezuma und der Zorn der Götter	34531-1
○	Band 13	Freiheit für Richard Löwenherz	34532-8
○	Band 14	Francis Drake, Pirat der Königin	34533-5
○	Band 15	Kleopatra und der Biss der Kobra	34534-2
○	Band 16	Die Falle im Teutoburger Wald	34535-9
○	Band 17	Alexander der Große unter Verdacht	34536-6
○	Band 18	Das Feuer des Druiden	34537-3
○	Band 19	Gefahr am Ulmer Münster	34538-0
○	Band 20	Michelangelo und die Farbe des Todes	36984-3

Ravensburger

HC_12_025

Ravensburger Bücher

Die Zeitdetektive

Spannende Reisen durch die Zeit

Habe ich			ISBN 978-3-473-
◯	Band 21	Der Schwur des Samurai	36985-0
◯	Band 22	Der falsche König	36982-9
◯	Band 23	Hannibal, Herr der Elefanten	36983-6
◯	Band 24	Der Fluch der Wikinger	36979-9
◯	Band 25	Das Auge der Nofretete	36980-5
◯	Band 26	Der Betrüger von Lübeck	36978-2
◯	Band 27	Geheime Zeichen in Pompeji	36975-1

Ravensburger

HC_12_026